suhrkamp taschenbuch 2356

Nach *Liebling Kreuzberg*, einer der erfolgreichsten deutschen Fernsehserien, nun *Wir sind auch nur ein Volk*. Derselbe Autor: Jurek Becker, derselbe Regisseur: Werner Masten, derselbe Hauptdarsteller: Manfred Krug.

Eine Fernsehkonferenz entschließt sich, in die leidvolle deutschdeutsche Geschichte einzugreifen und eine Fernsehserie in Auftrag zu geben. Ein Westautor soll die Lebensgewohnheiten einer Ostfamilie untersuchen, um die Mißverständnisse zwischen hüben und drüben plausibel zu machen, die sich aus der plötzlichen Zusammenführung ergeben haben. Die Herren sind überzeugt, daß der Zwiespalt zu überwinden sei, wenn dem einen die Hintergründe für das befremdende Verhalten des anderen erklärt werden. So macht sich der beauftragte renommierte Autor Anton Steinheim auf den Weg über die nicht mehr und doch noch vorhandene Grenze nach Ostberlin, wo Familie Grimm bereit ist, sich beobachten und befragen zu lassen ...

Das Personal, das Anton Steinheim geboten wird, ist ebenso aufschlußreich wie die Ereignisse, die Zwischenfälle, die Blicke ins Vergangene und Zukünftige. Tumultuös sind die Beziehungen untereinander und unerschöpflich die Schlagfertigkeiten. Kaum öffnet jemand die Augen, kaum öffnet jemand die Tür, schon wird ihm Paroli geboten, mit Witz, Ironie, Sarkasmus. Jurek Becker, der Meister der Dialoge, weiß, wovon er redet, er kennt die eine Himmelsrichtung so gut wie die andere. Neun Folgen einer Fernsehserie – eine unwiderstehliche Lektion zu unser aller Wohl.

Jurek Becker, 1937 in Lodz geboren, studierte Philosophie, schreibt Romane, Erzählungen und Filmdrehbücher. Er lebt in Berlin. Weitere *suhrkamp taschenbücher*: *Jakob der Lügner*. Roman (st 774), *Irreführung der Behörden*. Roman (st 271), *Der Boxer*. Roman (st 526), *Schlaflose Tage*. Roman (st 626), *Nach der ersten Zukunft*. Erzählungen (st 941), *Aller Welt Freund*. Roman (st 1151), *Bronsteins Kinder*. Roman (st 1517), *Amanda herzlos*. Roman (st 2295).

Jurek Becker
Wir sind auch nur ein Volk

Drehbücher der
Folgen 7 bis 9

Die Westparty
Streik und andere Scherereien
Der kurze Abschied

Suhrkamp

Umschlagfoto: Ferdinand Dux als Karl Blauhorn,
Dietrich Mattausch als Anton Steinheim

suhrkamp taschenbuch 2356
Erstausgabe
Erste Auflage 1995

Druck: Ebner Ulm
Printed in Germany
Umschlag nach Entwürfen von
Willy Fleckhaus und Rolf Staudt

1 2 3 4 5 6 – 00 99 98 97 96 95

7. Folge
Die Westparty

Personen

Benno Grimm
Trude Grimm
Anton Steinheim
Karl Blauhorn
Frau Wimmer, *Nachbarin von Grimms*
Lucie Steinheim
Norbert Lobeck
Eugen Meister, *Filmproduzent*
Theo Grimm
Sekretärin Meisters
Lorenz Hartwig
Ein Junge
Eine Frau
Ein Mann
Eine Krankenhauspatientin
Elf Herren, *Fernsehdirektoren*
Herr und Frau Steuerberater
Herr und Frau Galerist
Inge Bollberg, *Rechtsanwältin*
Herr und Frau Architekt
Ein Schriftsteller
Eine Malerin

1. Bild
U-Bahn

Am Morgen sind wir in einer U- oder S-Bahn. Die Kamera blickt auf eine aufgeschlagene Zeitung, die beim Fahren leicht schaukelt. Wir lesen eine fette Überschrift:

So kommen die Deutschen wieder zusammen –
Autor West – Familie Ost

Darunter ein Foto, auf dem Steinheim inmitten der Grimms zu sehen ist, mit Trude, Benno, Theo und Blauhorn.
Als die Kamera ein wenig zurückfährt, sehen wir, daß es ein Schwarzer ist, der die Zeitung hält. Und dann, daß neben ihm eine Chinesin sitzt und auf seiner anderen Seite ein Mann mit Turban.

2. Bild
Wohnzimmer der Grimms

Trude Grimm ist damit beschäftigt, Federbett und Kissen, die auf dem Sofa liegen, abzuräumen und ins Schlafzimmer zu schaffen, zu dem die Tür offensteht. Sie tut es ungern. Kaum ist sie im Schlafzimmer verschwunden, kommen Grimm und Steinheim aus dem Flur herein. Steinheim muß soeben gekommen sein.

GRIMM Trude räumt gerade Lobecks Bett weg. Gleich is hier Ordnung...
Trude kommt zurück, sie hat noch das Laken vergessen.

TRUDE *zu Steinheim:* Morgen.

STEINHEIM Guten Morgen.

Sie legt das Laken zusammen und fragt Grimm:

TRUDE Wie lange bleibt'n dein Freund noch?

GRIMM Er is nich mein Freund. Und wie's ... aussieht, wird er's auch nie werden.

TRUDE *die das für Wortklauberei hält:* Na schön: Wie lange bleibt dein Parteisekretär noch hier?

GRIMM Auch das is nich korrekt. Aber egal: Ich weiß es nich. Er hat gesagt – 'n paar Tage. Soll ich ihn rauswerfen?

TRUDE Das wär nich die schlechteste Idee. *Zu Steinheim:* Ich finde, er hat die Grenze vom Logiergast zur Landplage längst überschritten ... *Sie verschwindet mit dem zusammengefalteten Laken wieder im Schlafzimmer.*

Steinheim setzt sich an den Tisch und macht seinen Recorder einsatzbereit, während Grimm den Stuhl, der Lobeck als Nachttisch gedient hat, wegräumt und dessen Pantoffel unters Sofa schiebt.

STEINHEIM Was tut so ein Mann eigentlich heute? Eine Stelle als Parteisekretär dürfte nicht einfach zu finden sein?

GRIMM Das schätzen Sie realistisch ein. Er hat sich mit noch einem zusammengetan und einen Video-Verleih aufgemacht.

STEINHEIM Geht denn das so einfach? Versteht er etwas davon?

Trude läßt sich für einen Satz in der offenen Schlafzimmertür blicken.

TRUDE Er is schließlich Arbeiten gewohnt, von denen er nichts versteht.

STEINHEIM Und dieser andere? Was ist das für einer?

GRIMM Lobeck war, wie gesagt, unser zweiter Parteisekretär. Und der andere, ein gewisser Hartwig, war der erste. Sinnigerweise heißt der Laden 1 + 2 Videos.

Wieder läßt sich Trude kurz blicken.

TRUDE Wenn Sie sich mal zufällig den Film Ernst Thälmann, Sohn seiner Klasse ausleihen wollen – bei den beiden finden Sie den bestimmt...

GRIMM *zur Schlafzimmertür hin:* Die sind weniger bescheuert, als du denkst...

Steinheim zieht eine Zeitung aus der Jackentasche, ihm fällt plötzlich etwas ein.

STEINHEIM Haben Sie das schon gesehen... *Er hält die Zeitung Grimm hin.*

GRIMM *ohne Verdacht:* Sagen Sie bloß, ausgerechnet heute steht was Wichtiges drin? *Er nimmt nichtsahnend die Zeitung.*

STEINHEIM Seite fünf...

Grimm schlägt die Seite fünf auf und macht große Augen. Wir sehen Überschrift und Bild, die wir schon aus der U-Bahn kennen.

GRIMM *steht mit der Zeitung da, ruft:* Trude!...

TRUDES STIMME *aus dem Schlafzimmer:* Was is? Ich muß gleich los.

GRIMM Wir sind in der Zeitung!...

Trude kommt an. Grimm zeigt ihr die Seite. Beide stehen sie da und lesen. Steinheim lächelt.

GRIMM Guck mal hier: ...In ihrem behaglichen Heim im Bezirk Prenzlauer Berg...?

TRUDE *lesend:* Nich so schnell, da bin ich noch nich...

Nach einem prüfenden Blick drückt Steinheim auf

die Aufnahmetaste seines Recorders. Dann geht er aus dem Zimmer, ohne von beiden beachtet zu werden.

3. Bild
Blauhorns Zimmer

In Blauhorns Zimmer läuft leise das Radio – Volksmusik. Blauhorn sitzt im einzigen Sessel des Zimmers und hat sich bis eben ein Fotoalbum angesehen; nun blickt er zur Tür, weil es klopft.

BLAUHORN Ja?
Steinheim macht die Tür auf.
STEINHEIM Darf man?
BLAUHORN Klar. Kommen Sie rein ... *Er klappt das Album zu.*
Steinheim blickt sich im Zimmer um.
STEINHEIM Hübsch haben Sie es hier ...
BLAUHORN Ja, solange Benno Grimm nich reinkommt, läßt sich's aushalten. *Er steht auf und will das Album in irgendeinen Schrank stellen.*
STEINHEIM *deutet auf das Album:* Familienfotos?
BLAUHORN Nich direkt.
STEINHEIM Sondern?
BLAUHORN *klingt wie ertappt:* Private Bilder sind's schon ... Man könnte sagen – Kunstfotos ... *Widerwillig reicht er Steinheim das Album.* Vor Ihnen kann man ja sowieso nichts verstecken ...
Steinheim lächelt, er öffnet das Album an einer belie-

bigen Stelle und sieht hinein. In verschiedenen Inserten sehen wir Fotos, vergilbte, laienhaft wirkende Bilder aus den dreißiger Jahren. Alle zeigen sie Frauen oder Mädchen in einer Badeanstalt, größtenteils in Badeanzügen, zum Teil aber auch beim Umziehen, sich unbeobachtet wähnend. Steinheim blättert langsam.

STEINHEIM Mein Gott, wo haben Sie denn die her?

BLAUHORN Alle selber gemacht. Da is nich ein einziges Fremdfoto dabei...

Wir sehen, daß mitten im Album eine leere Seite kommt, die Bilder hören auf.

STEINHEIM Sie waren mal Fotograf?

BLAUHORN *korrigiert:* Lichtbildner... War aber nur 'n Hobby, wie man heute sagen würde. Noch als Lehrlinge haben wir uns 'n Apparat gekauft, mein Freund Albrecht Kurz, der Frisör geworden is, und ich. 'Ne Voigtländer... Ich hatte mal Hunderte von solchen Bildern – was Sie da halten, is ja nur 'n mickriger Rest. Sind alle verbrannt...

Steinheim sieht sich wieder das Album an, nun von vorn, und Blauhorn erzählt.

BLAUHORN Wir waren in allen Berliner Badeanstalten zu Hause. Wannsee, Plötzensee, Rahnsdorf, Lübars und wie sie alle hießen. Wir kannten jedes Astloch, in jedem Zaun. Sie verstehen, wovon ich rede?

STEINHEIM *sieht vom Album auf:* Von den Umkleideräumen?

BLAUHORN Und von den Frauenabteilungen generell. Damals ging's ja noch halbwegs gesittet zu, nich so wild durch'nander wie heute... Wir haben geknipst wie die Blöden. Irgendwann hatten wir 'ne Sammlung zusammen, nach der hätten Sie sich die Finger geleckt. 'n paarmal hätten wir sie sogar verkaufen können, aber es steckte zuviel Herzblut drin ... Und wissen Sie, was dann damit passiert is? ... *Er sieht Steinheim an, und der sieht ihn an.* Bomben aufs Haus, kein Stein mehr auf'm anderen, Bilder verbrannt ... *Er seufzt entsetzlich.* Ja, ja, heute weiß man gar nich mehr, was für Werte der Krieg vernichtet hat ...

4. Bild
Wohnzimmer der Grimms

Trude packt die Aktentasche, die sie zur Schule mitnehmen muß – Hefte raus, Hefte rein, Bücher raus, Bücher rein. Unterdessen liest ihr Benno aus der Zeitung vor:

GRIMM *liest:* Die merkwürdige Symbiose zwischen einem prominenten ...

TRUDE *unterbricht ihn:* Die merkwürdige was?

GRIMM Sym-bi-o-se. Weißt du nich, was 'ne Symbiose is?

Trude nickt und packt weiter.

GRIMM *liest vor:* Die merkwürdige Symbiose zwischen einem prominenten West-Schriftsteller und einer Durchschnittsfamilie aus dem Osten hat dazu geführt, daß alle Beteiligten sich auf geheimisvolle Weise nähergekommen sind ... *Direkt zu Trude:* Verstehst du, was die meint? Bist du jemand nähergekommen? ... Und dazu noch auf geheimnisvolle Weise?

TRUDE Mach weiter. Ich muß gleich weg.

GRIMM *liest weiter vor:* Es scheint so, als könnte diese Beziehung, die ursprünglich nur auf Zweckmäßigkeit gegründet war, als ein Muster dafür dienen, wie die Menschen in West und Ost einander näherkommen – durchs Kennenlernen ... *Zu Trude:* Da denkt man, man läßt den Dichter hier rein und kassiert 'n paar Mark dafür, und in Wirklichkeit liefert man 'n Musterbeispiel für die Wiedervereinigung.

Trude ist fertig mit dem Packen.

TRUDE Entschuldige, aber ich muß jetzt los. Kann sein, daß es heute etwas später wird, heute is Elternsprechstunde, da labern sich die und jener aus.

Von draußen hört man Klingeln.

GRIMM Herr Blauhorn kann aufmachen ...

Trude gibt ihm zum Abschied einen flüchtigen Kuß.

GRIMM Vergiß nich, zehn von diesen Zeitungen zu kaufen. Oder sagen wir fünfzehn. Die werden ja nie wieder nachgedruckt.

TRUDE Fünfzehn? Wozu um Gottes willen brauchst du f ü n f z e h n Zeitungen?

GRIMM Für alle unsere jetzigen und künftigen Freunde.

TRUDE Würden dafür nich zwei genügen?

Sie geht mit ihrer Aktentasche zur Tür. Die öffnet sich schon vor ihr, es kommen Blauhorn, Steinheim und eine fremde Frau herein, eine etwa sechzigjährige Person, eine Nachbarin aus dem Haus. Sie hat eine Schürze umgebunden und sieht aus, als komme sie gerade von der Küchenarbeit.

TRUDE *zu der Frau:* Ach, Frau Wimmer, schön, daß Sie mal wieder vorbeigucken, aber ich muß gerade los. Wiedersehen allerseits ... *Und sie verschwindet.*

Grimms Miene ist anzumerken, daß er seine Nachbarin nicht besonders gut leiden kann. Frau Wimmer gibt Grimm die Hand.

FRAU WIMMER *verdächtig freundlich:* Schönen guten Tag, Herr Grimm ...

Wohl oder übel muß auch er ihr die Hand geben.

GRIMM *unbewegt:* Wie schön, daß Sie sich mal Zeit für uns nehmen ...

Eigentlich hat Frau Wimmer nur Augen für Steinheim.

GRIMM Haben Sie sich schon bekannt gemacht? ...

Steinheim schüttelt den Kopf.

GRIMM Unsere hochgeschätzte Nachbarin, Frau Wimmer – Herr Steinheim ...

Bei dem Wort hochgeschätzt *sieht sie kurz und skeptisch zu Grimm, dann aber wieder freundlich zu Steinheim. Der nickt ihr lächelnd zu.*

FRAU WIMMER Natürlich kenne ich Herrn Steinheim ...

STEINHEIM Darf ich fragen, woher?

FRAU WIMMER Wer kennt Sie nicht? ... Aus ihren wundervollen Büchern ... Ja, auch bei uns im Osten wurde gelesen, wir haben uns nicht nur von Ast zu Ast gehangelt.

GRIMM Ich nehme an, Sie haben heute schon einen Blick in die Zeitung geworfen?

FRAU WIMMER Aber na klar ... *An Steinheim gerichtet:* Wann passiert's schon mal, daß soviel Glanz auf unser mickriges Haus fällt? *Sie blickt sich im Zimmer um.*

BLAUHORN, *galant:* Kann ich Ihnen 'ne Tasse Kaffee anbieten?

Frau Wimmer hat ihn offenbar nicht gehört, sie

scheint etwas zu suchen. Grimm stößt Blauhorn in die Seite und sieht ihn strafend an – er soll nicht noch einmal solch blöde Fragen stellen.

FRAU WIMMER *zu Grimm:* Sagen Sie mal, wo ist denn das hübsche Lenin-Bild, das sonst immer da drüben gehangen hat?

Blickwechsel zwischen Grimm und Steinheim, dann wendet Grimm sich wieder der Nachbarin zu.

GRIMM *betont geduldig:* Das haben wir abgehängt und in den Keller geschafft, Frau Wimmer. Wissen Sie, die Zeiten sind heute nich mehr danach.

FRAU WIMMER: Ich weiß das... *Sie zeigt auf den großen Schrank, hinter dessen Glastür ein paar Bücher zu sehen sind.* Und die vielen Bände der blauen Marx-Engels-Ausgabe – die sind wohl auch weg?

GRIMM *im Ton wie zuvor:* Ja, auch im Keller. Eigentlich wollten wir sie verbrennen, um keine Spuren zu hinterlassen, falls 'ne Durchsuchung kommt. Aber dann haben wir gedacht – vielleicht kommt eines Tages 'ne Amnestie für Besitzer von Marx-Engels-Büchern – man soll nichts überstürzen.

FRAU WIMMER *zu Steinheim:* Sie müssen wissen, daß die Familie Grimm immer mit der Zeit geht, da gibt's nichts. Was gerade gewünscht wird – genau dieser Meinung war man hier schon immer. Aber das werden Sie bei Ihren vielen Gesprächen ja wohl schon selbst herausgefunden haben.

STEINHEIM *irritiert:* Ehrlich gesagt verstehe ich nicht ganz, worauf Sie hinauswollen.

GRIMM Da kann ich Ihnen helfen. Unsere verehrte Nachbarin möchte andeuten, daß wir Grimms dazu neigen, die Fahne nach dem Wind zu hängen... *Zu Frau Wimmer:* Isses so richtig?

FRAU WIMMER Das ist zwar sehr zart gesagt, aber in der Sache stimmt es...

Auf dem Tisch schaltet sich der Recorder, der die ganze Zeit aufgenommen hat, ab – die Kassette ist zu Ende. Steinheim wechselt sie aus, währenddessen geht der Dialog weiter. Nur Frau Wimmer wirft einen kurzen, verwunderten Blick auf die Sache, läßt sich aber nicht groß ablenken.

GRIMM Und Frau Wimmer möchte wohl auch zum Ausdruck bringen, daß Sie sich bei ihr einen viel objektiveren Einblick in die Verhältnisse im Osten verschaffen könnten als bei uns Anpassern.

FRAU WIMMER Das habe ich zwar so nicht gesagt, aber ich würde Ihnen auch da nicht widersprechen...

GRIMM *zu Steinheim:* Frau Wimmer könnte nie eine Absicht verbergen. Weil sie so herrlich geradezu is... *Zu Frau Wimmer:* Aber ich glaube, Sie verstehen nich ganz, worum's geht. Gerade, ehrliche Leute sind für die Kunst uninteressant. Uns hat man ja genau deswegen ausgesucht, weil wir so zwielichtig sind. Wenn die nur auf anständige und unbestechliche Leute angewiesen wären, dann hätte man natürlich Sie genommen.

BLAUHORN *dem die Sache Spaß zu machen scheint:* Vielleicht doch 'n Täßchen Kaffee?

Frau Wimmer nimmt ihn überhaupt nicht wahr – sie reicht Steinheim damenhaft die Hand.

FRAU WIMMER Es hat mich sehr gefreut. Und wie gesagt – wenn Sie noch irgendwelche zusätzlichen Informationen brauchen, Sie sind jederzeit willkommen. Der Name steht draußen dran... *Sie nickt ihm zu, dann wendet sie sich zur Tür.*

GRIMM Und das Gemeinste wissen Sie noch gar nich, Frau Wimmer: Für unsere Lügereien kriegen wir auch noch Geld...

Erhobenen Hauptes verläßt Frau Wimmer den Raum.

5. Bild
Wohnzimmer Steinheims

Leise Musik aus der Stereoanlage, was Klassisches. Auf zwei Sofas liegen Steinheim und Lucie, jeder von beiden liest ein Buch, Kulturabend.

LUCIE Anton?...

STEINHEIM *beim Lesen:* Moment noch... *Es vergehen fünf Sekunden, dann wendet er sich ihr zu:* Ja?

LUCIE Erinnerst du dich zufällig, wann du Geburtstag hast?

STEINHEIM Richtig – Geburtstag... Nächsten Montag?

LUCIE *korrigiert:* Sehr gut. Aber wir feiern schon am Sonntag.

STEINHEIM *desinteressiert:* O wie schön, Sonntag...

Für ihn scheint die Sache erledigt, er sieht wieder ins Buch.

LUCIE Willst du nicht hören, wen ich eingeladen habe?

STEINHEIM Ich nehme an, die übliche Besetzung? Oder gibt's irgendwelche Auswechslungen?

LUCIE Harald und Sabine haben abgesagt. Sie sind auf den Malediven.

STEINHEIM *ironisch:* Was für 'n Unglück...

LUCIE Dafür kommen die Leupolds.

STEINHEIM *beim Lesen:* Was Schöneres konntest du mir gar nicht sagen.

LUCIE *unbeeindruckt:* Ich möchte, daß du noch jemanden einlädst...

STEINHEIM Und zwar?

LUCIE Die Ostberliner Familie.

STEINHEIM *gequält:* Ach komm, das muß ja nun wirklich nicht sein.

LUCIE Ich finde, es muß. Wir hätten sie längst einladen sollen, und Sonntag ist eine gute Gelegenheit. Nach dem Zeitungsartikel hab' ich mindestens fünf Anrufe gekriegt, was das für Leute sind. Keiner wollte mir glauben, daß ich sie noch nie gesehen habe.

STEINHEIM Und deshalb soll ich sie einladen?

LUCIE Du sollst sie deshalb einladen, weil ich es gerne möchte.

STEINHEIM Ich nehme es bedauernd zur Kenntnis... *Sieht wieder ins Buch.*

LUCIE Lädtst du sie nun ein, oder muß ich es tun?

STEINHEIM Du?

LUCIE Ja, ich.

STEINHEIM Kennst du das schöne Sprichwort: Dienst ist Dienst, und Schnaps ist Schnaps?

LUCIE Von solchen Opa-Sprichwörtern halte ich nichts... Wenn du es tust, kannst du dir wenigstens aussuchen, wen von ihnen du haben willst. Ich würde sie alle einladen...

In diesem Augenblick ist die Musik zu Ende, wir hören den begeisterten Applaus des Konzertpublikums.

6. Bild
Wohnzimmer der Grimms

Grimm sitzt hingestreckt auf dem Sofa und sieht fern, während Trude am Tisch Hefte korrigiert. Man hört Geräusche und Reporterstimme von einer Tennisübertragung.

GRIMM Machst du noch lange?
TRUDE Noch 'n bißchen. Warum fragst du?
GRIMM Wegen Sex natürlich... *Er gähnt, rappelt sich hoch, macht den Fernseher aus und schlurft müde aus dem Wohnzimmer. Trude sieht ihm hinterher.*
TRUDE Seltsamer Humor... *Dann macht sie sich wieder über ein Heft her.*

7. Bild
Flur bei Grimms

Grimm kommt an die Badezimmertür und drückt die Klinke herunter. Aber die Tür ist von innen verriegelt.

LOBECKS STIMME *ruft aus dem Bad:* In drei Minuten bin ich draußen! *Er klingt ärgerlich gutgelaunt.*
Grimm verzieht den Mund und geht zurück zum Wohnzimmer.

8. Bild
Wohnzimmer der Grimms

Grimm kommt herein. Trude sitzt am Tisch und arbeitet mit den Heften. Grimm geht zum Schrank und nimmt sich einen Schnaps.

TRUDE *beim Korrigieren:* War das dein Ernst?

GRIMM Was?

TRUDE Die Sexbemerkung?

Grimm schielt kurz, aber so, daß Trude es nicht sehen kann.

GRIMM Du legst doch sonst nich jedes Wort von mir auf die Goldwaage ... *Er trinkt seinen Schnaps.*

TRUDE Tu ich auch jetzt nich. Ich wollte bloß sichergehen ...

Grimm geht zu Trude und küßt sie aufs Haar, wie um sie zu beruhigen. Von Leidenschaft ist da jedenfalls nicht viel.

GRIMM Jetzt geht er mir auch auf die Nerven.

TRUDE Dein Parteisekretär? ... Das is eine gute Nachricht.

GRIMM Er muß weg.

TRUDE Sag's ihm.

Grimm gießt sich einen zweiten Schnaps ein.

GRIMM Wenn ich so hemmungslos wäre wie du, wär das kein Problem.

Er trink den zweiten.

TRUDE *über dem Heft:* Das stimmt – 'n bißchen mehr Hemmungslosigkeit könnte dir nich schaden ...

Lobeck kommt herein, er trägt einen Pyjama mit kurzen Hosen. Es ist Bettzeit.

LOBECK Das Bad ist frei … *Er flötet es geradezu, seine Fröhlichkeit wirkt außerordentlich deplaziert.*

TRUDE *zischt Grimm zu:* Los, sag's ihm! …

LOBECK Es macht euch doch nichts aus, wenn ich mir schon mein Federbett hole?

TRUDE Wir wären entzückt darüber …

Lobeck, für solche Art von Hohn taub, geht in das angrenzende Schlafzimmer.

TRUDE *leise zu Grimm:* Muß ich wirklich als kleine schwache Frau die Sache selbst in die Hand nehmen?

GRIMM Nee, nee, ich mach das schon … *Er gießt sich einen letzten Schnaps ein.*

Lobeck kommt mit Federbett, Kissen und Laken aus dem Schlafzimmer zurück und fängt damit an, auf dem Sofa sein Nachtlager herzurichten.

LOBECK Es ist vielleicht noch etwas früh zum Schlafen, aber ich habe morgen einen sehr frühen Termin …

Trude tritt Grimm gegen das Bein. Der verschüttet den Schnaps, den er gerade trinken wollte.

GRIMM Hör mal, Norbert …

LOBECK *beim Bettenmachen:* Ja?

GRIMM *zögernd:* Trude findet …

TRUDE *ärgerlich:* Ich finde!?

GRIMM *korrigiert sich unglücklich:* Trude und ich finden … *Er stockt.*

LOBECK *ergänzt verständnisvoll:* … daß ich mich langsam nach 'ner anderen Bleibe umsehen sollte. Is mir schon klar. Denkt ihr, das tu ich nich?

TRUDE Ja, das denke ich.

LOBECK Da bist du ungerecht. Ich such nich nur was, ich hab' sogar schon was gefunden.

TRUDE UND GRIMM *gleichzeitig:* Und warum bist du …

Sie unterbrechen sich im selben Augenblick, sehen sich kurz an, dann fängt Grimm von vorne an:

GRIMM Wenn du was hast – wieso bist du noch nich dort?

LOBECK Weil das Zimmer noch nich frei is. Und um gleich auf eure nächste Frage zu antworten – in drei Tagen ist es frei. Zufrieden? *Er wirkt eine Spur gekränkt.*

TRUDE Wenn's wahr is, machst du uns zu glücklichen Menschen.

LOBECK Und jetzt entschuldigt mich bitte, ich muß morgen wirklich früh raus... *Er legt sich ins mittlerweile fertige Bett, dreht sich zur Wand und zieht die Decke bis an die Ohren.*

9. Bild
Flur in Steinheims Wohnung

Ein prächtiger Rosenstrauß wird überreicht, von Meister, dem soeben von Lucie die Wohnungstür geöffnet worden ist.

LUCIE *entzückt:* Mein Gott, sind die für mich!?... Wofür?

MEISTER *galant nach alter Schule:* Für die schöne Gattin eines bewunderungswürdigen Autors...

10. Bild
Arbeitszimmer Steinheims

Steinheim am Schreibtisch, auf dem sein Computer steht. Auf dem Monitor könnte etwas zu lesen sein wie: Dieser Lobeck ist entsetzlich, aber nicht uninteressant. *Er dreht sich um, weil er Lucie sagen hört:*

LUCIE Sieh mal...

Der Rosenstrauß kommt herein, von Lucie getragen, ihr folgt Meister.

MEISTER Ich störe hoffentlich nicht?

STEINHEIM Sie nie... *Sie geben sich die Hand.*

STEINHEIM *seine Gedanken:* So viel Blumen gibt's nie im Leben umsonst?... Was will der Hund?

LUCIE *zu Meister:* Kaffee?

MEISTER Tausend Dank, mein Auto steht unten im Halteverbot. Muß sofort wieder los... *Er wirft sich aufs Sofa. Die Rosen verschwinden mit Lucie.*

MEISTER *unumwunden:* Verehrter Meister, ich komme mit einer riesigen Bitte...

STEINHEIM *seine Gedanken:* Da haben wir's!...

MEISTER Die Meute der Fernsehdirektoren sitzt uns Produzenten pausenlos im Nacken. Andauernd lassen die sich was Neues einfallen, womit sie unsereinen quälen können. Diesmal sind sie auf was ganz Exquisites gekommen.

STEINHEIM Und zwar?

MEISTER Die Herren wünschen, daß Sie zur nächsten Programmkonferenz erscheinen und dort Ihre Konzeption für die Serie vortragen.

Einige Sekunden spaziert Steinheim im Zimmer umher. Er schaltet dabei den Computer aus. Dann:

STEINHEIM Antworten Sie ihnen: Das ist ausgeschlossen. Absolut ausgeschlossen.

MEISTER *beinah ängstlich:* Und wenn ich Sie herzlich darum bitte?

STEINHEIM Es geht aus einem ganz einfachen Grund nicht: Ich habe keine Konzeption ... Ich bin noch mitten beim Materialsammeln. Ich arbeite mich durch einen Wust von Informationen, und noch steht für mich in den Sternen, was daraus werden soll. Von einer Konzeption kann bisher überhaupt keine Rede sein.

MEISTER *seufzt:* Wann wären Sie denn soweit?

STEINHEIM Nicht einmal das kann ich sagen. Ein paar Wochen werden mindestens noch vergehen.

MEISTER Achgottachgottachgott ... Wissen Sie, was das Schlimmste an diesen Fernsehdirektoren ist? ... Manchmal vergessen sie nach einem Tag, was für ein Zeug sie zusammenredet haben, und manchmal erinnern sie sich monatelang daran ... Und unsereins muß rausfinden, was gerade gilt.

11. Bild
Zimmer Theos

Auf dem Fußboden liegt ein riesiger Stadtplan von Berlin. Theo kniet davor, in einer Hand hält er ein Straßenverzeichnis. Er lernt die Lage der Straßen. Es klopft.

THEO Ja?

Blauhorn öffnet die Tür, ohne einzutreten.

BLAUHORN Könntest du mit mir mitkommen einkaufen? *Er fragt es leiernd, in einem Ton, als wüßte er schon vorher, daß Theo ablehnen wird.*

THEO Nein.

Blauhorn macht kommentarlos die Tür von außen zu.

THEO *vor sich hin:* Platz der Luftbrücke... *Er sucht auf dem Plan.* ...Mehringdamm – Tempelhofer Damm – Dudenstraße – Columbiadamm...

Die Tür geht auf – Grimm.

GRIMM *gereizt:* Hör mal, mein Lieber, wir sind nich dein privates Dienstleistungskombinat. Wenn dein Großvater dich bittet...

THEO *unterbricht ihn:* Auch wenn ich bloß dein Sohn bin, kannst du ruhig anklopfen.

Grimm schluckt die Antwort darauf runter.

GRIMM *jetzt betont ruhig:* Dein Großvater geht einkaufen und braucht Hilfe. Es muß zum Beispiel Mineralwasser und Bier gekauft werden.

THEO *mit Blick auf den Plan:* Keine Zeit.

GRIMM Weil du dir den Stadtplan angucken mußt?

THEO Richtig... Ich hab einen Job gefunden, und dafür muß ich Berlin auswendig lernen...

Das interessiert Grimm. Er macht die Tür hinter sich zu und stellt sich neben den immer noch knienden Theo.

GRIMM Du hast Arbeit?

THEO Ab übermorgen.

GRIMM 'ne feste Sache? Oder was Vorübergehendes?

THEO Ich würde sagen – was Vorübergehendes. Bei einem Unternehmen, das Touristen 'ne Begleitung durch die Stadt anbietet. Und zwar sowohl zum

Schutz wie auch zur Führung.

GRIMM Touristen? Oder eher Touristinnen?

THEO Beides. Wie's gerade kommt.

GRIMM Du bist also 'ne Art Bodyguard?

THEO Und Fremdenführer, sag ich ja. Deswegen muß ich jetzt alle Straßen und Plätze auswendig lernen ...
Er vertieft sich wieder in den Plan.

GRIMM Mußt du auch Kungfu oder so was lernen?

THEO *sachlich:* Nein, die haben mich genommen, weil ich so gut gebaut bin. 'ne Gaspistole wird gestellt ...
Er sieht Grimm mit einem kurzen Blick an, der verrät, daß er jetzt gern in Ruhe gelassen werden möchte. Dann sieht er wieder auf den Plan. Für sich: Friedrich-Wilhelm-Platz – Hauptstraße – Kolonnenstraße ...

GRIMM *wieder gereizt, weilt Theo so maulfaul ist:* Wird der junge Herr dafür irgendwie entlohnt?

THEO *ruhig:* Ja, Geld gibt's auch. Zwar nich so viel, wie du mir noch schuldest, aber ich muß es nicht umsonst machen. Ich koste den Touristen fünfzig Mark die Stunde. Davon kriege ich zwanzig und die Gesellschaft kriegt dreißig.

GRIMM Is ja 'n Spottpreis.

THEO Ja, alle Touristen können sich einen wie mich nich leisten.

GRIMM Was is'n das für 'ne Gesellschaft? Zahlen die Krankenversicherung für dich? Arbeitslosenversicherung? Rentenversicherung?

THEO Ich tu's auf freiberuflicher Basis. Und das Unternehmen heißt Body and Soul. Alle Fragen beantwortet?
Grimm macht kehrt und geht wortlos hinaus.

12. Bild
Büro des Produzenten Meister

Die Sekretärin steht an Meisters Schreibtisch und heftet ein Schriftstück in eine Akte. Meister kommt herein, grußlos.

SEKRETÄRIN Guten Tag, Herr Meister. Bin sofort fertig...

MEISTER Gab's einen Anruf vom Fernsehen?

SEKRETÄRIN Nein.

Er hat schlechte Laune, er zieht seine Jacke aus und wirft sie auf einen Sessel. Während des Folgenden nimmt die Sekretärin die Jacke und hängt sie über einen Bügel.

MEISTER Wenn die anrufen und fragen, wann Herr Steinmann vor die Direktorenkonferenz kommt, dann machen Sie einen Termin aus und sagen, daß ich den Vortrag übernehme.

SEKRETÄRIN *verwundert:* Sie?

MEISTER *ärgerlich:* Ja, ich!...

Er ist zum Golf-Trainingsgerät gegangen. Er hat einen Schläger genommen und drischt nun den am Boden bereitliegenden Ball weg. Doch der Ball verfehlt das aufgespannte Netz und fliegt durch das geschlossene Fenster nach draußen, durch zwei Scheiben hindurch. Unmittelbar danach könnte man die Geräusche eines Autounfalls hören. Meister und die Sekretärin sehen sich an.

13. Bild
Wohnzimmer der Grimms

Zwei Tage später. Grimm, im Unterhemd, baut an einer komplizierten Konstruktion aus Anker-Bausteinen, vielleicht einem Turm. Derweil hantiert Steinheim an einem Tonbandgerät, einem größeren, als wir es bisher kennen. Er drückt auf Knöpfe, spult zurück, drückt wieder, dabei hat er einen Ohrstecker im Ohr.

STEINHEIM *erklärt, als er einen Blick Grimms bemerkt:* Ich habe mir ein neues Tonband gekauft, aber ich muß noch, wie Ihr Genosse Lenin richtig sagte, üben, üben und nochmals üben.

GRIMM *beim Bauen:* Das sind gleich zwei Fehler drin: Erstens war Lenin nich mein Genosse – da hätte ich in der KPdSU sein müssen, was für 'n Deutschen nich ganz einfach gewesen wär ... Außer Sie wollen mich 'n bißchen piesacken und immer mal wieder elegant auf meine schimpfliche Vergangenheit hinweisen? ...

STEINHEIM *lächelt verlegen:* Ich glaube, ich wollte gar nichts. Meine Frau sagt, witzig zu sein wäre nicht meine Stärke.

GRIMM *verkneift sich eine Bemerkung dazu und fährt fort:* Zweitens lautet Lenins tiefsinniger Ausspruch nich üben, üben und nochmals üben, sondern lernen, lernen und nochmals lernen.

Steinheim nimmt seinen Ohrstecker aus dem Ohr und drückt wieder auf eine Taste – der Apparat nimmt auf.

STEINHEIM Ich glaube, jetzt hab ich's.

GRIMM Hat's der alte nich mehr getan?

STEINHEIM Das Rauschen wurde immer stärker, besonders wenn ich so weit von Ihnen entfernt war wie jetzt... Darf ich Sie etwas fragen?

GRIMM *beim Bauen:* Machen Sie doch die ganze Zeit.

STEINHEIM Waren Sie selbst auch in einer dieser Kampfgruppen?

Grimm sieht kurz zu ihm, dann wieder auf sein Bauwerk.

GRIMM Hat Lobeck das behauptet?

STEINHEIM Nein. Er hat nur von den Kampfgruppen allgemein gesprochen. Und von sich.

GRIMM *beim Bauen:* Ich war kurze Zeit drin. 'n halbes Jahr oder so.

STEINHEIM Dann sind Sie ausgetreten?

GRIMM *stößt Luft aus der Nase:* Sie machen schon wieder Witze?... Aus der Kampfgruppe austreten, das wär wie 'ne öffentliche Kampfansage gewesen. In der DDR konnte man aus überhaupt nichts austreten, wenn man mal drin war.

STEINHEIM *eine Spur spitz:* Sie meinen, man konnte nicht austreten und ansonsten weiterleben wie bisher?

GRIMM *gereizt:* Ja, das meine ich. Ich hör auch Ihre leise Kritik... *Er wendet sich nun Steinheim zu.* Nehmen wir mal an, Sie wären in einem Verein und würden gerne raus. Würden Sie auch dann austreten, wenn die Folgen wären, daß Ihr Wohnungsantrag abgelehnt wird und daß Sie keinen Urlaubsplatz kriegen und daß Ihre Kinder nich mehr studieren dürfen?

STEINHEIM Ich glaube nicht.

GRIMM Und ich weiß: Ich auch nich.

STEINHEIM Und warum dann nur ein halbes Jahr in der Kampfgruppe?

GRIMM Weil mit meinem Knie plötzlich was nich in Ordnung war. Das Schicksal hatte mir 'n ärztliches Attest beschert.

Die Tür geht auf – Lobeck.

LOBECK Guten Tag – ich stör doch nich?

STEINHEIM Nein, nein, kommen Sie nur...

LOBECK Bin sofort wieder weg. Ich brauch nur 'n paar Unterlagen... *Er geht zum Sofa, zieht darunter einen Koffer hervor und öffnet ihn. Der Koffer ist sein Büro, Lobeck sucht darin etwas.*

GRIMM *zu Lobeck:* Ich hab's gar nich klingeln hören.

LOBECK Ich hab auch nich geklingelt.

GRIMM Hast du'n Schlüssel?

LOBECK Ja, am Haken neben der Tür hing noch einer. Den hab ich genommen. Is doch einfacher, als wenn du jedesmal aufmachen müßtest... Oder hast du was dagegen?

GRIMM *unangenehm berührt:* Ich glaube – ja.

LOBECK *tut gleichgültig:* Bitte – dann häng ich'n wieder hin...

Er prüft den Inhalt eines Kuverts.

Das Telefon klingelt. Grimm geht an den Apparat, wobei eine Mauer seines Anker-Bauwerks einstürzt.

GRIMM *in den Hörer:* Grimm.

STEINHEIM *leise zu Lobeck:* Dürfte ich mir bei Gelegenheit Ihren Video-Verleih ansehen?

LOBECK Klar, wann Sie wollen. Obwohl ich nich weiß, was es da besonderes zu sehen gibt...

GRIMM *ins Telefon:* Wie gefährlich is das? *Er wirkt aufgeregt.*

STEINHEIM *zu Lobeck:* Wann sind Sie denn da?

LOBECK In zehn Minuten. Und dann jeden Tag von morgens um zehn bis abends um sieben... *Er gibt dem Koffer einen Fußtritt, so daß er wieder unter dem Sofa verschwindet.* Wiedersehen allerseits. *Er verläßt das Zimmer.*

GRIMM *ins Telefon:* Abteilung zwei, Zimmer sechzehn, ich hab's... Ja, danke.

Er legt den Hörer auf. Steinheim sieht ihn an, er hat gemerkt, daß etwas nicht in Ordnung ist.

GRIMM Karl Blauhorn liegt im Krankenhaus. Er is überfallen worden.

STEINHEIM Schlimm?

Grimm weiß es nicht, er zuckt mit den Schultern.

14. Bild
In Steinheims Auto

Steinheim am Steuer, neben ihm Grimm. Grimm trägt unter der Jacke nur das Unterhemd aus der vorigen Szene, als wäre keine Zeit gewesen, sich ordentlich anzuziehen.

GRIMM Ich hab ihm hundertmal gesagt: Geh im Dunkeln nich durch abgelegene Straßen – geh überhaupt nich durch abgelegene Straßen – sieh dir gut an, mit wem du dich einläßt – was soll man denn mehr tun!

STEINHEIM Wie ist es passiert?

GRIMM Keine Ahnung, die geben einem am Telefon keine Auskunft.

Pause.

STEINHEIM Wenn man im Ohr hat, was für ein Umgangston zwischen Ihnen und Ihrem Schwiegervater herrscht, kann man kaum begreifen, daß Sie sich solche Sorgen machen ...

GRIMM *seufzt schwer:* Ja, das menschliche Herz is ein unbegreifliches Ding ...

Steinheim sieht ihn von der Seite an, verwundert und ein wenig belustigt.

GRIMM *obwohl er keinen Blick auf Steinheim geworfen hat:* Sehen Sie lieber nach vorne ...

15. Bild
Krankenzimmer

Das Zimmer, in dem Blauhorn liegt, ist ein Vierbett-Zimmer. Im einen Bett liegt ein junger Mann, dessen eingegipstes Bein an einem Seil, von Gegengewichten gehalten, an der Decke hängt. Das zweite Bett ist zerwühlt und leer, es könnte ein blutiges Handtuch darauf liegen. Im dritten ein unendlich dicker Mensch, der pausenlos ißt, Obst und Süßigkeiten und sonst was. Im vierten endlich Blauhorn. Er hat einen verbundenen Kopf und eine mächtige Schramme im Gesicht. Er liegt auf dem Rücken und scheint zu schlafen. Vor seinem Bett, am Fußende, stehen Grimm und Steinheim und blicken erschüttert auf den so gut wie Toten.

BLAUHORN *nach ein paar Sekunden, ohne die Augen zu öffnen:* Mein Gott, setzt euch doch mal endlich!...
Grimm und Steinheim sehen sich an.

GRIMM *leise:* Er lebt...
Sie setzen sich, Steinheim auf einen Stuhl, der am Bett steht, Grimm auf den Bettrand. Blauhorn macht die Augen auf.

BLAUHORN *zu Grimm:* Hast du zufällig 'n Spiegel bei dir?

GRIMM Wo soll ich 'n Spiegel hernehmen?
Steinheim blickt sich um, er sieht einen Spiegel an der Wand, den holt er. Derweilen:

GRIMM Erzähl mir, was passiert is. Ich hab überhaupt keine Ahnung. Die haben am Telefon nur gesagt, daß du überfallen worden bist...
Steinheim kommt mit dem Spiegel und gibt ihn Blauhorn.

BLAUHORN Danke... *Er besieht sich im Spiegel, dabei schneidet er ein paar Grimassen.*

Steinheim setzt sich wieder.

GRIMM Stimmt das? Bist du überfallen worden?

BLAUHORN Ich muß mindestens noch einen Tag dableiben. Zuerst war's 'n Verdacht auf Schädelbruch, jetzt is es noch 'n Verdacht auf Gehirnerschütterung.

STEINHEIM Gott sei Dank.

BLAUHORN Es waren Kinder, richtige Kinder. Ich schätze, keins älter als zwölf. Kleine, miese Ungetüme... Die hängen sich an dich, einer haut dir von hinten auf'n Kopf, und tausend Patschhändchen durchsuchen deine Taschen...

GRIMM Konntest du nich um Hilfe rufen? Stimmenmäßig bist du doch sehr gut bei'nander.

BLAUHORN Ihr werdet's nich glauben – die haben mich ohnmächtig gehauen. Auch Mädchen drunter, ich schwör's euch ...

GRIMM Hattest du viel bei dir?

BLAUHORN *zu Steinheim:* 'ne andere Sorge kennt der nich – nur Geld, Geld ... *Zu Grimm:* 28 Mark – beruhigt?

GRIMM *tut ihm den Gefallen und spielt den Herzlosen:* Ja, das geht. Obwohl 28 Mark natürlich auch Geld sind ...

BLAUHORN *zu Steinheim:* Früher hat's doch so was nich gegeben? ... Früher mußte man doch vor Kindern keine Angst haben? ... Ich werde Ihnen sagen, was da zu tun is: Entweder man steckt die kleinen Dreckstücke ins Erziehungsheim oder in die Jungen Pioniere. Was drittes gibt's nich ...

16. Bild
In Steinheims Auto

Steinheim fährt, Grimm daneben. Ein paar Sekunden vergehen schweigend.

GRIMM Wir könnten ja bei Trudes Schule vorbeifahren und es ihr schonend beibringen?

STEINHEIM Ja, das ist eine gute Idee. Sagen Sie mir den Weg?

GRIMM Oder was halten Sie davon, wenn wir auf den Schreck erst mal 'n Bier trinken?

STEINHEIM Das können wir auch tun.

GRIMM Wollten Sie sich nich den Video-Laden von Lobeck ansehen? Der muß hier ganz in der Nähe sein.

STEINHEIM Guter Vorschlag.

GRIMM Trude wird's noch früh genug erfahren... Nächste rechts...

17. Bild
Video-Geschäft

Lobeck stellt einen Mann von etwa Fünfzig vor:

LOBECK Das is mein Partner – Lorenz Hartwig.

Steinheim und Hartwig reichen sich die Hand.

STEINHEIM *lächelnd:* Ich weiß Bescheid – Sie sind der Erste Parteisekretär...

Hartwig hört das nicht gerne. Er blickt sich um, ob ein Kunde es gehört haben könnte.

Wir sind in einem normalen, nicht zu kleinen Video-Geschäft. Hohe Regale mit Kassetten, Aufsteller mit Reklamen für Filme, alles macht einen recht billigen Eindruck. Einen Pepsi-Automat gibt es und einen Flipper, an dem ein Junge steht und spielt. Zwei Kunden, junge Männer, sehen sich an den Regalen Kassetten an. Irgendwo auch ein Schild, das in einen kleinen Raum weist: Eintritt nur für Erwachsene. *Auch Grimm steht dabei, er ist in diesem Geschäft noch nie gewesen.*

HARTWIG Mein Freund Lobeck gibt immer nur die wichtigsten Informationen. Hat er Ihnen auch erzählt, daß ich zwei uneheliche Kinder habe?

STEINHEIM *verlegen lächelnd:* Nein...

LOBECK Warum bist'n du so sauer?

HARTWIG Ich bin nicht sauer. Aber was das den Herrn angeht, daß ich in einer früheren Phase meines Lebens Parteisekretär war – das mußt du mir bei Gelegenheit erklären.

Einer der Kunden tritt mit einem Stapel Kassetten an die Kasse. Grimm deutet mit dem Kopf in seine Richtung.

GRIMM *zu Lobeck:* Bedienung...

Lobeck geht zur Kasse. Der Junge vom Flipper kommt auch an die Kasse. Er legt vor Lobeck ein Fünfmarkstück hin.

JUNGE Können Sie mir das mal wechseln?

LOBECK Sieh mal, mein Junge, da drüben is 'n schöner neuer Spielsalon... *Er zeigt durchs Schaufenster auf die Straße.* Geh dahin spielen, okay? *Der Junge nimmt sich sein Geldstück zurück.*

Steinheim sieht sich, in einem anderen Teil des Geschäfts, Kassetten an. Rambo, Kungfu, Zukunftszeug, Dreck. Bei ihm steht Hartwig.

HARTWIG Ist wohl nicht Ihr Geschmack?

STEINHEIM Ehrlich gesagt, nein.

HARTWIG Meiner auch nicht. Aber ich habe gelernt, daß es nicht mehr wie in der DDR ist: Wir sind keine pädagogische Einrichtung, sondern wir leben davon.

STEINHEIM In der DDR waren die Video-Geschäfte eher pädagogisch ausgerichtet?

HARTWIG Wir kannten dieses Problem nicht, weil es Video-Geschäfte überhaupt nicht gab.

STEINHEIM Das ist natürlich die praktischste Lösung... *Er nimmt irgendeine Kassette aus dem Regal und* sieht auf die Deckelzeichnung.

HARTWIG Haben Sie das Gefühl, den DDR-Menschen ist deswegen viel verlorengegangen?

STEINHEIM Es spielt keine Rolle, ob ich dieses Gefühl habe. Viel wichtiger ist, daß die DDR-Menschen das Gefühl hatten...

Am anderen Ende des Geschäfts Lobeck mit Grimm.

LOBECK Du kannst dir natürlich jederzeit umsonst was ausleihen, wenn du Lust hast.

GRIMM Als 'ne Art Miete?

LOBECK Nich als Miete. Aus Freundschaft.

GRIMM Ich bin mit dem Schriftsteller hergekommen, weil ich genau darüber mit dir reden will – über Freundschaft... Vor vier Tagen hast du angekündigt, daß du in drei Tagen ausgezogen bist. Siehst du da nich auch 'n gewissen Widerspruch?

LOBECK *druckst:* Ja, da hat sich was zerschlagen... Is dir so was noch nie passiert?

GRIMM Doch, ich kenn das. Zuletzt hat sich meine Hoffnung zerschlagen, daß du ausziehst.

LOBECK *druckst:* Ich hör nich auf, mich umzusehen. Ich versprech's dir.

GRIMM Das reicht mir nich.

LOBECK Was soll ich denn noch tun?

GRIMM Es gibt Probleme, die ich habe, und es gibt Probleme, die du hast. Ich möchte nich, daß du die beiden durch'nanderbringst... Die Wiedervereinigung fällt mir schwer genug, da kann ich nich auch noch für die Folgen deiner Ehe aufkommen...

Am anderen Ende des Geschäfts betreten Hartwig und Steinheim den Raum, der den Erwachsenen vor-

behalten ist. Auch hier Regale bis an die Decke: Sexfilme, Pornos. Eine Frau steht an einem der Regale und betrachtet eine Kassette in ihrer Hand, irgendein schlüpfriges Bild darauf. Als die beiden Männer hereinkommen, stellt sie sie schnell zurück und verläßt den Raum, offenbar verlegen.

HARTWIG *zu der Frau:* Bleiben Sie ruhig ...

DIE FRAU Nein, nein, schon gut, danke ...

Dann sind Hartwig und Steinheim allein. Steinheim nimmt eine Kassette aus einem Regal.

HARTWIG Falls Sie mir einen Vortrag halten wollen, was für ein Dreck das ist – Sie würden offene Türen einrennen.

STEINHEIM Warum handeln Sie dann damit?

HARTWIG Sagen Sie mir, was ich sonst tun könnte, um meinen Lebensunterhalt zu verdienen, und ich höre auf der Stelle damit auf.

Steinheim stellt die Kassette zurück und nimmt eine andere.

STEINHEIM Gibt es nicht andere Arten von Geschäften, die Sie hätten aufmachen können?

HARTWIG Hunderte. Für eine Fleischerei muß ich Fleischer sein, für eine Schneiderei Schneider, für eine Apotheke Apotheker und für ein Reisebüro Kaufmann. Nur für diesen Schrott hier brauche ich keine Vorkenntnisse ... Ich habe auch keine, ich war Berufsfunktionär, da b r a u c h t e man nichts zu können ... Und hinzu kommt, daß die Leute bei uns geradezu versessen sind auf Videos. Fragen Sie mich nicht, warum.

STEINHEIM Das haben Sie doch eben erklärt: Weil's in der DDR keine gab ...

Ein Mann ist in den Raum gekommen und blickt sich um; er weiß nicht, zu welchem der Regale er gehen soll.

HARTWIG Kann ich Ihnen helfen?

DER MANN Haben Sie – »Die frechen Hüpfer ohne Schlüpfer?« *Hartwig geht zu einem Regal, sucht kurz und zieht dann eine Kassette heraus. Die gibt er dem Mann »Die frechen Hüpfer ohne Schlüpfer«.*

DER MANN Danke.

HARTWIG Die Kasse ist da vorn ...

Der Mann geht mit der Kassette in den anderen Raum.

HARTWIG *zu Steinheim:* Meinen Sie, ich hätte mit dem Mann diskutieren sollen, ob er nicht vielleicht besser »Panzerkreuzer Potemkin« nimmt?

18. Bild
Kneipe

Grimm und Steinheim am Stehtisch einer mäßig belebten Ostberliner Kneipe. Sie trinken Bier.

GRIMM Wenn man sich heute die Spitzenkader der Partei anguckt, will einem gar nich in den Kopf, daß man vor solchen Senfgurken mal gekuscht hat.

STEINHEIM *mitfühlend:* Haben Sie viel gekuscht?

GRIMM Mir hat's genügt ...

STEINHEIM Waren Sie nicht auch selbst einer, vor dem andere gekuscht haben?

GRIMM Ich? ... Wer soll'n vor mir gekuscht haben?

Höchstens mein Sohn, aber nur, bis er zehn war.

STEINHEIM Ich nehme an, so was Ähnliches würden auch Herr Lobeck und Herr Hartwig sagen.

GRIMM Das mag sein. Bloß – bei mir stimmt es, und bei denen wär's gelogen ... Bei Hartwig noch mehr als bei Lobeck – Hartwig war 'n harter Hund. Schild und Schwert der Partei oder so ...

Er hebt, zum Wirt hin, sein leeres Bierglas hoch.

STEINHEIM Haben Sie mal mit ihm darüber gesprochen?

GRIMM Mit Hartwig? Worüber?

STEINHEIM Darüber, daß er Ihnen das Leben schwergemacht hat ... Und wie er heute dazu steht.

GRIMM Wollen Sie die Wahrheit hören? Es is mir scheißegal, wie er heute dazu steht ... Wenn er mir sagt, daß es ihm furchtbar leid tut – denken Sie, ich hätte ihn dann plötzlich lieb?

STEINHEIM Aber wäre dann nicht zwischen Ihnen etwas geklärt? Wäre dann nicht, wie es heißt, ein Stück Vergangenheit bewältigt?

GRIMM Auch wenn Sie enttäuscht von mir sind: kein Interesse ... Ich hab auch so schon genug mit Bewältigung der Vergangenheit zu tun.

STEINHEIM Inwiefern?

GRIMM Ich werde Ihnen 'n Beispiel sagen ... *In diesem Moment stellt der Wirt ein volles Bierglas vor Grimm hin und räumt das leere ab. Steinheims Glas ist noch halb voll.* Danke ... *Er trinkt einen ordentlichen Schluck und fährt dann fort:* ... Unser Staubsauger is kaputt, 'n DDR-Fabrikat. Es is 'n winziger Fehler, 'n Schalter is zerbrochen, und zwar der Schalter, mit dem man von schwacher Saugleistung auf starke Saugleistung umstellt. Dummerweise stand er in dem Moment, als er kaputtging, gerade auf »schwacher Saugleistung«, sonst hätte man's so lassen können ... Der Betrieb, in dem der Staubsauger hergestellt wurde, is längst abgewickelt, und natürlich gibt's auch keine Service-Abteilung mehr. Wenn ich einen Weststaubsaugertypen anrufe – und es gibt nur noch Weststaubersaugertypen – und ihn nach einem Ostschalter frage, weiß der gar nich, wovon ich rede. Also muß ich den ganzen Staubsauger wegschmeißen, wegen so einem Stück Plastik ... *Er zeigt mit zwei Fingern, wie groß oder wie klein das Stück Plastik ist.* ... und mir 'n neuen kaufen. Und wenn Sie mich fragen – genau das is auch der Sinn der Übung ... Ob das der richtige Weg is, um die Wirtschaft anzukurbeln, wag ich zu bewzeifeln. Jedenfalls sieht so meine Methode der Vergangenheitsbewältigung aus. Und zwar gezwungenermaßen ... *Steinheim trinkt Bier, nachdenklich, wie es den Anschein hat.* Meinen Sie, es würde mir weiterhelfen, wenn ich Hartwig frage, warum er damals die Leute so angemacht hat? ... Viel interessanter wär, ihn zu fragen, ob nich zufällig in seinem Keller so 'n Schalter rumliegt.

STEINHEIM Sind Sie schon mal auf die Idee gekommen, ein Geschäft daraus zu machen?

GRIMM Woraus?

STEINHEIM So wie Ihnen mit diesem Schalter geht es doch wahrscheinlich vielen Leuten ...?

GRIMM Und?

STEINHEIM Und zwar nicht nur mit Staubsaugern, sondern mit Kühlschränken und Kaffeemaschinen und Autos und Bügeleisen und was weiß ich ...?

GRIMM Und?

STEINHEIM Könnte man nicht ein Ersatzteillager gründen – nur für solche Ostartikel? Alle defekten Geräte ausschlachten, die man auftreiben kann? ... Auf Schrottplätzen, in Lagerhallen, auf Dachböden, meinetwegen auch mit Zeitungsannoncen?

Grimm trinkt Bier, als würde er sich den Vorschlag durch den Kopf gehen lassen.

GRIMM Wenn Sie das für 'ne Geschäftsidee halten, würde ich an Ihrer Stelle keine Sekunde zögern, die Sache selbst zu machen. Bevor 'n anderer drauf kommt ...

Jetzt trinkt auch Steinheim, was soll er antworten. Grimms Glas ist wieder leer, aber er weiß nicht, ob er ein drittes Bier bestellen soll. Na, noch eins?

STEINHEIM Nein, danke ... Was gefällt Ihnen nicht an der Idee?

GRIMM Daß zehn Leute sich 'n Jahr lang abrackern müßten, um eine Mark achtzig zu verdienen. Sonst klingt sie sehr gut.

STEINHEIM *zweifelnd:* Na ja, vielleicht verstehen Sie wirklich mehr davon ... *Offenbar hat er keine Lust, die Angelegenheit weiter zu erörtern.* Obwohl ich sicher bin, daß Sie schon schlechtere Vorschläge gehört haben.

GRIMM Aber ich hab keinen davon angenommen ...

STEINHEIM Bestellen Sie sich doch noch eins ...

Grimm läßt sich nicht lange bitten – diesmal trägt er sein leeres Glas zur Theke hin und stellt es vor den Wirt. Steinheim sieht ihm nach. Plötzlich schlägt er sich vor die Stirn, er hat sich an etwas erinnert. Grimm kommt, ohne Bier, zurück an den Stehtisch.

STEINHEIM Ich bin einfach furchtbar – wissen Sie, was mir gerade einfällt? *Grimm sieht ihn an.* Nächsten Sonntag feiern wir eine kleine Party: Seit vier Tagen hab' ich von meiner Frau den Auftrag, Sie und Ihre Frau herzlich einzuladen, und seit vier Tagen vergeß ich's!

GRIMM *verwundert und keineswegs entzückt:* Bei Ihnen zu Hause?

STEINHEIM Ja. Die Adresse haben Sie doch?

GRIMM *seine Gedanken:* O Gott, 'ne Westparty! Was zieht man da an?

STEINHEIM Es kommen ein paar nette Leute...

Der Wirt stellt das frische Bier vor Grimm hin.

19. Bild
Küche der Grimms

Trude sitzt am Tisch bei einer Küchenarbeit, sagen wir, sie schneidet grüne Bohnen. Theo macht die Tür auf.

THEO Wann gibt's 'n Essen?

TRUDE Wenn du hilfst, in 'ner Stunde, sonst in anderthalb.

Theo verzieht das Gesicht, kommt aber herein. Er holt sich ein Messerchen, setzt sich seiner Mutter gegenüber und beteiligt sich am Bohnenschneiden.

THEO Wann kommt Opa aus'm Krankenhaus?

TRUDE Dir fehlt seine Arbeitskraft?... Versteh ich.

THEO Darf man sich nich um seinen Großvater sorgen, ohne verhöhnt zu werden?

TRUDE Morgen vormittag wird er entlassen ... Willst du ihn nich abholen?

THEO Ich arbeite.

TRUDE *die es vergessen hatte:* Richtig – du arbeitest ja! ... War heute nich der erste Tag?

THEO Gestern.

TRUDE Und? Wie isses?

THEO Ich bin glücklich ...

Trude sieht ihn kurz und prüfend an, als gäbe es Grund zur Sorge.

THEO Heute hab ich das erste Trinkgeld meines Lebens gekriegt.

TRUDE *verblüfft:* Trinkgeld?

THEO Ich hab zwei ollen Japanern die Stadt erklärt. Als wir vor ihrem Hotel ankamen, haben die mir plötzlich zehn Dollar in die Hand gedrückt ... Was hättest du'n da gemacht?

TRUDE Bei der nächsten Bank in Mark umgetauscht.

Lobeck kommt herein, in Pantoffeln. Er geht zum Kühlschrank und nimmt sich ein Bier. Er lächelt die beiden an und geht ohne ein Wort wieder hinaus. Fünf Sekunden herrscht danach Schweigen.

THEO Wie lange bleibt er uns noch erhalten.

TRUDE Auf alle Fälle länger, als gut is. Er hat schon 'n paarmal angekündigt zu gehen, aber er fühlt sich bei uns einfach zu wohl.

THEO Kann man das nich ändern?

TRUDE Wie? ... Papa hat schon ernsthaft mit ihm geredet ... Ich fürchte, Herr Lobeck gehört zu denen, die man dreimal rausschmeißen muß, damit sie einmal gehen.

THEO Vielleicht kann Papa ihn nich schlecht genug leiden ... *Nach kurzer Pause:* Darf i c h die Sache in die Hand nehmen?

TRUDE Was willst du tun?

THEO Ich würde ihn s o auffordern, abzuhauen, daß er's garantiert versteht.

TRUDE Wie?

THEO Was heißt wie? Soll ich jetzt probepöbeln?

TRUDE Willst du dich mit ihm prügeln?

Theo sieht sie belustigt an.

THEO Das is das Unglück deiner Generation: So wie's ist, gefällt's euch nich, aber bloß keinen Finger rühren, damit sich was ändert!

TRUDE Die sechs Semester Philosophie waren bei dir nich rausgeschmissen – Gott sei Dank.

THEO Soll das 'ne Antwort sein?

TRUDE *plötzlich gleichgültig:* Bitte – versuch's ...

Theo steht auf, er spielt den grimmig Entschlossenen. Er wirft sein Messerchen so auf die Tischplatte, daß es federnd steckenbleibt. Dann geht er aus der Küche.

20. Bild
Wohnzimmer der Grimms

Grimm und Lobeck sind bei einer Partie Schach. Lobeck hat seine halbvolle Bierflasche vor sich stehen. Grimm blickt nur kurz auf, als Theo hereinkommt. Theo stellt sich so an den Tisch, als studiere er die Position auf dem Schachbrett.

GRIMM Wage es nich, einem von uns Ratschläge zu geben.

THEO *der das auch nie vorhatte:* Ich kann überhaupt nich schachspielen.

GRIMM Die meisten, die Ratschläge geben, können nich spielen ...

Theo setzt sich.

THEO Aber stören muß ich trotzdem ... Besonders Herrn Lobeck.

LOBECK *jovial:* Mich störst du nich, mein Junge. Was gibt's denn?

THEO Ich will versuchen, Sie davon zu überzeugen, daß es für uns alle das Beste ist, wenn Sie freiwillig die Stellung räumen.

Lobeck sieht ihn erstaunt an, dann Grimm – als erwarte er Hilfe von dem. Dann wieder Theo.

LOBECK Von was für einer Stellung sprichst du, mein Junge?

THEO Von dem Sofa da. Von diesem Zimmer. Von der Dusche, vom Klo und vom Kühlschrank. Von allem, was Sie mit Beschlag belegt haben und ums Verrekken nich wieder rausrücken.

Grimm steht auf, für ihn scheint das Schachspiel vergessen zu sein.

LOBECK *zu Grimm:* Spielst du nich weiter?

GRIMM Ich finde, das is jetzt wichtiger.

LOBECK Und daß er so mit mir redet, das stört dich nich?

GRIMM *sehr sachlich:* Nee, eigentlich find ich's in Ordnung ...

Er geht zum Sofa, setzt sich dort hin und blättert in einer Fernsehillustrierten, wie um zu demonstrieren, daß er nur noch Zuschauer oder Zuhörer ist.

THEO Also wie sieht's aus, Herr Lobeck – wann sind wir Sie los?

LOBECK Hör mal, mein Junge, in diesem Ton laß ich mit mir nicht sprechen.

THEO In diesem Ton? ... Sie machen sich gar keine Vorstellung, wie sehr ich mich zusammenreiße.

LOBECK Ich werd' mich doch mit dir nich rumstreiten! ... *Er streift seine Pantoffel ab, holt seine Schuhe, die neben dem Sofa stehen, und fängt an, sie anzuziehen. Zu Grimm:* Ich geh ins Kino. Kommst du mit?

GRIMM Hast du eigentlich den Schlüssel wieder angehängt?

LOBECK Welchen Schlüssel?

GRIMM Den Wohnungsschlüssel, den du dir neulich vom Brett genommen hast, ohne zu fragen, und den du wieder anhängen wolltest?

LOBECK *grummelt vor sich hin:* Nee, hab' ich vergessen ... *Er kramt den Schlüssel aus der Tasche, legt ihn vor Grimm auf den Tisch und setzt dann das Schuheanziehen fort. Grimm sieht auf den Schlüssel, dann zu Theo, er scheint unglücklich zu sein.*

THEO *zu Grimm, warnend:* Papa, wenn er dir jetzt anfängt leidzutun, dann wirst du ihn nie los.

GRIMM *seufzt:* Is ja wahr ... *Er steckt den Schlüssel ein, dann sieht er wieder in seine Illustrierte.*

THEO Ich wüßte an Ihrer Stelle jetzt was Wichtigeres, als ins Kino zu gehen ...

LOBECK Wenn ich Ratschläge von dir brauche, wirst du's schon merken.

THEO Ich würde an Ihrer Stelle jetzt auf gar keinen Fall ins Kino gehen.

Lobeck bindet sich schweigend einen Schuh zu.

GRIMM Na, sag ihm doch endlich, warum nich!...

THEO Weil Ihre Sachen sonst vor der Tür stehen, wenn Sie wiederkommen.

Pause.

LOBECK *zu Grimm:* Das würdest du zulassen?

Grimm hebt die Arme an, als wolle er sagen – was soll ich dagegen machen?

LOBECK Habt ihr euch vorher abgesprochen? Is das hier 'ne konzertierte Aktion, oder was?

THEO Sie sollten sich nich den Kopf über Nebensächlichkeiten zerbrechen, Herr Lobeck. Sie sollten auf eine klare Frage antworten: Wann sind wir Sie los?

Lobeck ist nun fertig mit dem Schuhezubinden, er richtet sich auf.

LOBECK *viel kleinlauter als bisher:* Ich finde, 'n paar Tage könntet ihr mir noch geben... Sagen wir drei?

THEO Nein.

Lobeck sieht um Hilfe zu Grimm.

GRIMM *versöhnlich:* Sieh mal, Norbert – deine Frau will dich nich haben, und wir wollen dich nich haben. Da kann's dir doch eigentlich egal sein, wo du schläfst?... Und zu Hause hättest du noch den Vorteil, daß dich kein Mensch mit Gewalt rauskriegt.

LOBECK Mit Gewalt?

GRIMM Wenn ich Theo richtig verstehe, läuft's doch darauf hinaus... *Zu Theo:* Oder?

Aber Theo antwortet nicht.

THEO *zu Lobeck:* Also?

Lobeck zündet sich eine Zigarette an. Grimm gibt Theo ein heimliches Zeichen, nicht lockerzulassen.

THEO Zu Hause können Sie auch rauchen, soviel Sie

wollen, ohne daß mir davon schlecht wird.

LOBECK Ich gehe jetzt zu einem Freund und frag ihn, ob ich 'n paar Tage bei ihm bleiben kann ... *Zu Grimm:* Ich meine, 'n wirklichen Freund.

THEO Sie haben noch nich auf die Frage geantwortet, wann Sie hier weg sind.

LOBECK *stinksauer:* Morgen. Zufrieden?

Theo und Grimm sehen sich an.

THEO Wenn's morgen früh geschieht, ich meine, vor der Arbeit, bin ich einverstanden. Und du?

Grimm sieht schon wieder aus, als überkomme ihn Mitleid.

GRIMM *leise:* Ich finde, er kann auch ...

THEO *dazwischen:* Papa!!

GRIMM *besinnt sich:* Ja, morgen früh is in Ordnung.

LOBECK *zu Theo:* Man erkennt dich gar nich wieder. Früher warst du 'n richtig netter Junge.

THEO *zu Grimm, als wäre von einer Sekunde zur nächsten das Thema vergessen:* Ich muß Mama beim Essenmachen helfen ... *Er steht auf, geht in Richtung Tür, dreht sich aber noch einmal zu Lobeck um.* Eins wollte ich Sie noch fragen: Warum duzen Sie mich immerzu? Sie sind nich mein Parteisekretär, und ich bin bald dreißig ...

Er geht hinaus. Lobeck zieht sich seine Jacke an.

LOBECK Reizendes Kind ...

GRIMM Ja, mir gefällt er auch immer besser.

21. Bild
Große Eingangshalle eines Krankenhauses

Viel Leben in der Halle, Patienten, Besucher, Schwestern, Kinder, Blumen. Blauhorn, mit seinem Kopfverband und der inzwischen verschorften Schramme auf der Backe, sitzt auf einer Bank und wartet. In der einen Hand hält er einen Krückstock, die andere liegt auf einer gepackten Reisetasche. Neben ihm auf der Bank sitzt eine ältere Frau im Bademantel, eine Patientin. Sie raucht.

PATIENTIN Ick bin jetz fünf Wochen hier drinnen. Und Sie?

BLAUHORN *der keine Lust hat, sich mit der geschwätzigen Frau zu unterhalten:* Zwei Tage.

PATIENTIN Sind Sie Ost oder West?

BLAUHORN *widerwillig:* Ost.

PATIENTIN Denn können Sie ja ooch mit früher vergleichen. Wann hat Ihnen det Krankenhausleben besser jefallen – bei uns oder jetzt hier?

BLAUHORN Ehrlich gesagt, hab ich noch nich darüber nachgedacht.

PATIENTIN Aber ick... Wenn ick Punkte verteilen müßte, würde det so aussehen:... Sauberkeit – schneiden eindeutich die hier besser ab. Medikamente – jibt's jetz mehr und bessere. Besuchszeiten – sind die hier zehnmal großzügijer. Essen – is jetz besser, überhaupt keene Frage. Arztvisite – kommt jetz doppelt so oft wie früher, wenn det reicht... *Sie wendet Blauhorn kurz den Rücken zu, denn sie drückt in einem Aschenbecher, der neben der Bank steht, sorgfältig ihre Zigarette aus. Dennoch hört sie nicht auf zu reden. Zur selben Zeit ist Steinheim zu Blauhorn gekommen. Er will etwas sagen, doch Blauhorn bedeutet ihm mit dem Finger, zu schweigen. Steinheim nickt lächelnd, er nimmt die gepackte Tasche; Blauhorn hievt sich an seinem Stock hoch, und von der Frau unbemerkt gehen sie davon in Richtung Ausgang. Das heißt, Blauhorn hinkt.*

PATIENTIN *redet ohne Unterbrechung:* ... Nur bei menschlicher Anteilnahme käm ick in't Grübeln, da wüßte ick nich, wie ick die Punkte verteilen soll. Finden Se nich, det sich früher die Schwestern mehr Zeit jenommen haben, ee'm zuzuhören, wenn man mal wat uff'm Herzen hatte?

Erst jetzt sieht sie wieder zu der Stelle, auf der bis eben Blauhorn gesessen hat, und versteht die Welt nicht.

22. Bild
Parkplatz am Krankenhaus

Blauhorn und Steinheim kommen über den Parkplatz auf Steinheims Wagen zu. Es geht nur langsam vorwärts, weil Blauhorn ja humpelt.

BLAUHORN Is wirklich sehr nett, daß Sie mich abholen.

STEINHEIM Aber ich bitte Sie, das ist doch selbstverständlich ...

BLAUHORN Trude is in der Schule?

STEINHEIM Ja, natürlich.

BLAUHORN Und Herr Grimm hat wohl keine Zeit?

STEINHEIM Ich glaube, mit seinem Trabbi ist irgendwas nicht in Ordnung.

Unterdessen sind sie beim Auto angelangt. Steinheim öffnet für Blauhorn eine Tür, dann verstaut er die Tasche im Kofferraum. Blauhorn setzt sich ächzend in den Wagen.

BLAUHORN Nee, nee, Sie sind echt hilfsbereit, so was fällt auf in unserer Familie...

Der Wagen fährt davon.

23. Bild
Blauhorns Zimmer

Auf einem Tischchen steht ein kleiner Blumenstrauß. Grimm öffnet von außen die Tür – Blauhorn, mit Stock, und Steinheim betreten an ihm vorbei das Zimmer; Steinheim mit der Tasche, die er auf dem Bett abstellt. Blauhorn setzt sich mit letzter Kraft aufs Bett, vielleicht übertreibt er nicht einmal.

GRIMM Schön, daß du wieder da bist...

Blauhorn sieht ihn ungläubig an, dann Steinheim.

GRIMM *seine Gedanken:* Mir kommen Sätze über die Lippen, die hätt' ich mir nie im Leben zugetraut...

Blauhorns Stock fällt zu Boden. Grimm tritt schnell hinzu, bevor Steinheim es tun kann, hebt ihn auf und lehnt ihn ans Bett.

BLAUHORN *zu Steinheim:* Haben S i e die Blumen da hingestellt?

GRIMM Ich war so frei. *Er scheint irgendeine Dankesbezeugung zu erwarten.*

BLAUHORN Das is ja hier wie Muttertag...

Er öffnet die Tasche, die neben ihm steht, kramt darin, holt die Hausschuhe heraus und zieht sie sich statt der Schuhe an.

GRIMM Möchtest du was essen oder trinken?

STEINHEIM *wirft ein:* Herr Grimm hat extra eingekauft.

BLAUHORN Extra? Wieso extra? Wenn ich nich da bin – muß da nich irgend jemand einkaufen?

GRIMM *zu Geduld entschlossen:* Jedenfalls hab ich eingekauft... Willst du 'n Bier?

Blauhorn antwortet nicht, er ist sekundenlang mit der Tasche beschäftigt. Dann:

BLAUHORN Is Lobeck nich mehr da?

GRIMM Der is heute früh ausgezogen. Den siehst du so bald nich wieder...

BLAUHORN Da komm ich drüber weg.

GRIMM Oder vielleicht 'n Täßchen Kaffee?

BLAUHORN *zu Steinheim:* Wissen Sie, es wär mir lieber, wenn man mich nich ganz so zuvorkommend behandeln würde, wenn ich mal aus'm Krankenhaus komme, dafür aber zuverlässig höflich.

Endlich ist Grimms Selbstbeherrschung aufgebraucht.

GRIMM *zu Steinheim:* Es hat keinen Sinn. Es hat einfach keinen Sinn...

BLAUHORN *als verstehe er nicht:* Was hat keinen Sinn?

GRIMM *zu Steinheim:* Davon, daß Kinder ihm auf'n Kopf hauen, wird er schließlich nich angenehmer. Oder haben Sie das geglaubt? *Er geht hinaus.*

BLAUHORN *gleichgültig:* Da sehen Sie's.

24. Bild
Konferenzraum

Es ist derselbe Raum, in dem wir schon ein paarmal gewesen sind, wieder tagt die Konferenz der Fernsehdirektoren darin. Alle Herren sitzen, als einziger steht Produzent Meister da und hält einen Vortrag über den Stand der Dinge. Er schwitzt und ist von der Situation vollkommen überfordert.

MEISTER Ich glaube, es war ein glücklicher Einfall, Herrn Steinmann mit der Ostberliner Familie Grimm beziehungsweise Blauhorn zusammenzubringen. Ihr Verhältnis zueinander wird von Tag zu Tag inniger, ich hab es mit eigenen Augen erlebt. Beziehungsweise gesehen. Sie behandeln ihn fast schon wie ein Familienmitglied und haben deshalb auch keine Geheimnisse mehr vor ihm... *Er versucht einen Scherz:* Oder sagen wir – f a s t keine Geheimnisse...

Die todernsten Gesichter der zuhörenden Herren.

HERR NR. 7 *flüstert seinem Nachbarn ins Ohr:* Wie schrecklich!...

MEISTER *fährt fort:* Das wiederum hat zur Folge, daß unser Autor Einblicke in das ostdeutsche Leben erhält, wie sie sich uns Westlern normalerweise nicht bieten. Als ich das letztemal mit ihm gesprochen habe – es ist erst ein paar Tage her –, hat er gesagt, daß diese Familie das Beste ist, was ihm überhaupt passieren konnte... *Er blickt auf einige beschriebene Zettel in seiner Hand, die ihm durcheinandergeraten zu sein scheinen.*

HERR NR. 3 Wenn ich es recht in Erinnerung habe, dann wurden Herr Steinheim und diese Ostberliner nicht deshalb zusammengeführt, um den Beteiligten ein menschlich anrührendes Erlebnis zu verschaffen, sondern es war auch irgendwie von einer Fernsehserie die Rede. Könnten Sie so freundlich sein und auch darüber ein paar Worte verlieren?

HERR NR. 8 Und einige Angaben über den vorgesehenen Zeitablauf, der, wenn ich nicht irre, schon erheblich überschritten ist, würden uns ebenfalls guttun.

HERR NR. 2 Sie sprachen eben von einem Herrn Steinmann, uns schwebte aber der Autor Anton Steinheim vor. Ich hoffe doch, wir meinen ein- und dieselbe Person?

MEISTER O ja, natürlich, Anton Steinmann, äh, ich meine Steinheim ... *Er wiederholt mit geschlossenen Augen und nickt bei jeder einzelnen Silbe, so als wollte er es sich selbst beibringen: An-ton Steinheim! ... Er stopft alle Zettel als Papierknäuel in die Tasche, sie bringen ihm nichts.* ... Anton Steinheim ist ein sehr gewissenhafter Autor. Ich habe ihn schon mehrmals gedrängt, mit der eigentlichen Arbeit zu beginnen, ich habe ihm gesagt – Herr Steinmann, wir haben Termine, die müssen wir unter allen Umständen einhalten, wir kommen sonst in Teufels Küche. Aber jedesmal hat er geantwortet, daß er seine Vorstudien noch nicht abgeschlossen hat und den Akku noch aufladen muß. Das sind seine Worte: den Akku aufladen ...

Er gießt sich ein Glas Mineralwasser ein und trinkt es, wie um Zeit zu gewinnen.

HERR NR. 4 Heißt das, er lehnt es ab, den vorgegebenen

Zeitplan einzuhalten?

MEISTER Natürlich heißt es das nicht. Ich habe ihn immer wieder auf die drängenden Termine hingewiesen, und ich werde es morgen wieder tun. Er ist da ein bißchen widerspenstig, das kommt wahrscheinlich daher, daß er keine Erfahrung mit dem Medium Fernsehen hat. Aber das kriege ich schon hin.

HERR NR. 6 Ich finde, wir gehen hier reichlich großzügig mit unserer Zeit um. Was können Sie uns über seine Konzeption sagen?

Meister ist verzweifelt – darüber weiß er nun wirklich überhaupt nichts.

MEISTER Darüber hüllt er sich, wie alle echten Künstler, ziemlich ins Dunkel. Beziehungsweise in Schweigen...

HERR NR. 11 *voll giftigen Zuspruchs:* Wir verstehen schon, was Sie meinen.

MEISTER Ich kann nur sagen, daß er wohl vorhat, die Serienhelden nach dem Vorbild seiner Familie auszurichten. Äh, ich meine natürlich, nach dem Vorbild dieser Ostberliner Familie... Das hat er zwar nicht ausdrücklich angekündigt, aber ich kann es mir gar nicht anders vorstellen... Er hat auch Andeutungen gemacht, daß das Ganze ausgesprochen unterhaltsam werden soll, aber nicht ohne Tiefsinn, wie es sich bei einem solchen Autor von selbst versteht. *Wieder trinkt er einen Schluck Wasser.*

HERR NR. 5 *düster:* So, so, er hat Andeutungen gemacht...

HERR NR. 9 Warum hat Herr Steinheim sich denn geweigert, selbst herzukommen und auf unsere Fragen zu antworten?

MEISTER Ehrlich gesagt, weiß ich das nicht genau... Auch für mich ist es schwer, ihn zu packen, obwohl wir uns alle paar Tage sehen. Er weicht viel aus, er legt sich nicht gerne fest und gibt einem nur äußerst zögernd Einblick in das, was er tut... Ich darf Sie aber daran erinnern, daß Sie sich für ihn entschieden haben, nicht ich. Ich wäre nie im Leben auf diese Schnapsidee gekommen. Ich meine auf diese Idee... Ich hätte mich, unter uns gesagt, an einen der bewährten Autoren gewendet, die vielleicht nicht ganz so genial sind und nicht ganz so eindrucksvoll in die Zukunft blicken – dafür kann man normal mit ihnen reden, man weiß ungefähr, was man zu erwarten hat, und man kommt sich nicht jedesmal wie ein Bittsteller vor, wenn man was von ihnen will... *Die letzten Sätze sind eher aus ihm hervorgequollen, als daß er sie überlegt gesagt hätte. Nun, da er fertig ist, wirkt er beinah erschrocken über sich selbst. Ein paar Sekunden Schweigen.*

HERR NR. 1 Ich glaube, es ist alles gesagt, was im Augenblick zu sagen ist... *Zu Meister:* Ich danke Ihnen für Ihre Bereitschaft... *Das ist eine Verabschiedung.*

Meister versucht ein Lächeln, nickt allen zu und geht dann hinaus. Nachdem er die Tür hinter sich geschlossen hat, herrscht wieder einige Augenblicke Schweigen. Dann:

HERR NR. 7 Es ist wohl nicht übertrieben, unser Schweigen als ein lähmendes Entsetzen zu bezeichnen...

25. Bild
Schlafzimmer der Grimms

Die Tür zum Wohnzimmer steht offen. Trude sitzt, im Unterrock, vor einem Spiegel und schminkt und frisiert sich. Grimm trägt im Augenblick Unterhosen, blankgeputzte Schuhe und ein weißes Hemd, dessen gestärkte Manschetten lose herunterbaumeln. Er sucht etwas in einer Schublade einer Kommode.

GRIMM Weißt du, wo diese verfluchten Manschettenknöpfe sind?

TRUDE *beim Schminken:* Welche?

GRIMM Die goldenen natürlich.

TRUDE *wie nebenbei:* Die stecken als Füllung in meinem linken Oberkiefer... Und zwar seit vier Jahren... Hast du's vergessen?

Grimm hält ihr beide Arme mit den hängenden Ärmeln hin.

GRIMM Und was soll ich jetzt machen?

TRUDE Nimm die mit Emaille. Die müssen in der Schublade drüber sein...

Grimm zieht die Schublade darüber auf. Aus dem Wohnzimmer steckt Blauhorn den Kopf herein, um den noch ein Verband gewickelt ist.

BLAUHORN Oh, ihr geht aus?... Stört's euch, wenn ich hier fernsehe?

TRUDE Natürlich nich.

Blauhorn verschwindet wieder, wenig später hört man undefinierbare Geräusche aus dem Fernseher.

GRIMM Der hat doch noch nie gefragt?... *Er hat die Emaille-Manschettenknöpfe gefunden, damit geht er zu Trude, gibt sie ihr und hält ihr nacheinander beide Ärmel zum Zumachen hin.*

TRUDE *flüstert:* Sagen wir's ihm?

GRIMM Was?

TRUDE *flüstert:* Daß wir zu Steinheims gehen...?

GRIMM *flüstert nicht:* Was spielt das für 'ne Rolle?

Trude steht auf und schließt die Tür zum Wohnzimmer. Dann setzt sie sich wieder und arbeitet mit den Manschettenknöpfen weiter.

TRUDE Ich möchte nicht, daß er beleidigt ist.

GRIMM Wieso soll er beleidigt sein?... Wenn man davon absieht, daß er immer beleidigt is.

TRUDE Weil wir eingeladen sind und er nich.

GRIMM Was geht uns das an? Das is Steinheims Sache. Hab ich ihn vielleicht nich eingeladen?...

TRUDE Halt doch mal still!...

GRIMM So scharf wie du bin ich übrigens nich auf die Party... Wenn du willst, kannst du auch mit Herrn Blauhorn gehen...

Es könnte nun eine Kameraeinstellung geben – aus Grimms Sicht in Trudes Ausschnitt hinein.

TRUDE Ich weiß – du bist auf überhaupt nichts mehr scharf. Die Zeiten sind ein für allemal vorbei.

GRIMM *sehr versöhnlich:* Sag das nich...

Sie sieht verwundert zu ihm hoch, und er macht keinen Versuch, die Richtung seiner Blicke zu verbergen. Außerdem tritt er so hinter sie, daß beide Hemdsärmel sich auf ihre nackten Schultern legen.

TRUDE *verwirrt:* Benno!... Ich bin halb geschminkt...

Ihre Hand tastet nach dem Lichtschalter neben dem Spiegel.

GRIMM Bißchen tiefer...

Ihre Hand tastet ein wenig tiefer, findet den Schalter, und das Licht geht aus. Tiefe Finsternis.

TRUDE Möchtest du jetzt lieber 'ne Ostparty feiern?

GRIMM Steht dir wirklich gut, so halb geschminkt...

Man hört sie aus irgendwelchen Gründen kichern.

26. Bild
Steinheims Wohnung

Es sind zwanzig oder dreißig Gäste bei der Party der Steinheims, alle zwischen vierzig und sechzig. Man ist leger angezogen, die Kleidung stammt durchweg aus teuren Boutiquen. Das Wohnzimmer, der Hauptraum, wirkt viel größer, als wir ihn kennen, denn eine breite Tür zum Arbeitszimmer ist geöffnet; die Party findet in beiden Räumen statt. Zuerst sehen wir einen großen Tisch an einer Wand – es stehen prächtige Blumensträuße darauf, und er ist voll von Geschenken, die zumeist noch in buntes Papier eingewickelt sind. Aus einem Lautsprecher kommt die ganze Szene über leise Musik – Swing aus den Vierzigern. Lucie und Steinheim betreten das Zimmer, an Lucies Arm Grimm, an Steinheims Arm Trude. An der Tür bleiben sie erst einmal stehen, wie um sich zu akklimatisieren. Trude trägt ein kleines schwarzes Kleid, in dem sie so hübsch aussieht, wie wir sie noch nicht kennen. Grimm trägt einen dunklen Anzug ohne Krawatte, einen Anzug, der um den Bauch herum etwas spannt; es ist der einzige dunkle Anzug auf der Party. Ein wenig wirken die beiden wie Abonnenten einer Opernvorstellung. Aus einiger Entfer-

nung sehen wir, wie Lucie und Steinheim im Raum herumzeigen und offenbar Trude und Grimm erklären, wer wer ist. Die Frau des Steuerberaters, ein Sektglas in der Hand, steht mit dem Steuerberater da.

FRAU STEUERBERATER Sieh mal zur Tür – kennst du die?

STEUERBERATER Noch nie gesehen.

FRAU STEUERBERATER Sind das die angekündigten Leute aus dem Osten?

STEUERBERATER *nach kurzer Blickprüfung:* Dafür spricht einiges...

An einem Tischchen, Teller mit kalten Happen vor sich, sitzen eine Galeristin und ihr Mann. Auch sie haben den Blick zur Tür gerichtet.

GALERIST Das sind die Ostler. Ich laß mich hängen, wenn das n i c h t die Ostler sind.

GALERISTIN Woran willst du sie erkennen? Sag jetzt nicht, an der Kleidung, du hast noch viel häßlichere Anzüge im Schrank.

GALERIST An der Körpersprache. Die Körpersprache des Ostdeutschen ist verräterisch.

GALERISTIN Kann es sein, daß du neulich ein Bild von ihnen in der Zeitung gesehen hast?

GALERIST *nicht sehr logisch:* Trotzdem...

Steinheim ist mit Trude und Grimm an einen Tisch getreten, auf dem Getränke stehen.

STEINHEIM Bitte bedienen Sie sich – da ist Weißwein, da ist Rotwein, und dort ist Sekt...

Trude nickt, und er gießt ihr ein Glas Sekt ein.

STEINHEIM *zu Grimm:* Soll ich Ihnen lieber ein kaltes Bier holen?

GRIMM Nein, danke... *Er nimmt sich selbst einen Wein. Neben ihnen ist eine Frau an den Tisch getre-*

ten, die sich auch etwas zu Trinken nimmt, Rechtsanwältin. Sie sieht neugierig zu den Grimms.

STEINHEIM Darf ich vorstellen: Unsere Freundin Inge Bollberg – Frau und Herr Grimm ...

RECHTSANWÄLTIN Haben wir uns nicht auf dem Presseball schon mal getroffen.

Grimm schüttelt lächelnd den Kopf.

TRUDE Nein, nein, da müssen Sie uns verwechseln ...

RECHTSANWÄLTIN Komisch. Ich hätte geschworen, daß ich Sie schon mal gesehen habe ...

Steinheim ist davongegangen, weil in der Tür neue Gäste zu sehen sind, mit Geschenken in der Hand.

TRUDE Wir sind zum erstenmal hier. Wir kommen aus Ostberlin.

RECHTSANWÄLTIN Sind Sie Kollegen von Anton?

TRUDE *amüsiert:* Sie meinen Schriftsteller? Nein, ich bin Lehrerin.

GRIMM *nicht unkritisch:* Wir sind normale Leute ...

Die Anwältin boxt ihn gegen die Brust, als wäre ihm ein außerordentlicher Witz gelungen. Dann stößt sie mit dem Glas, das sie sich inzwischen eingegossen hat, gegen das seine. Steinheim legt das Geschenk, das er zuletzt gekriegt hat, unausgepackt auf den Geburtstagstisch. Die beiden Gäste, die es ihm gegeben haben, stehen bei ihm, ein Architekt mit Architektin.

STEINHEIM *witzelt:* Finde ich unsagbar ehrenvoll, daß ihr vorbeigekommen seid. Sonst kommt ihr doch immer nur zu runden Geburtstagen?

ARCHITEKT *im gleichen Ton:* Seit Rosi gehört hat, daß du an einer Fernsehserie arbeitest, findet sie, wir sollten dich unbedingt öfter sehen.

ARCHITEKTIN Blödsinn...

STEINHEIM Psst! Da drüben steht das Corpus delicti...

ARCHITEKTIN Was für ein Corpus delicti?

STEINHEIM Die Vorbilder für das Ganze...

Er zeigt, über die Köpfe anderer Gäste hinweg, zu Trude und Grimm, die, mit ihren Gläsern in der Hand, in irgendeiner Ecke stehen und ein wenig verloren wirken.

STEINHEIMS STIMME Seht ihr – die zwei Originale da drüben?

STIMME DES ARCHITEKTEN Über die schreibst du eine Fernsehserie?

STEINHEIMS STIMME Zumindest teilweise. Ich stelle sie euch nachher vor...

Lucie geht quer durch den großen Raum zu den Grimms.

LUCIE Möchten Sie denn nichts essen? Da um die Ecke ist das Buffet aufgebaut...

TRUDE *lächelnd:* Sehen Sie nich, wie eng mein Kleid sitzt?

GRIMM Sagen Sie mal – irre ich mich, oder is hier 'ne Geburtstagsfeier im Gange?

LUCIE Ja, Anton hat Geburtstag. Aber morgen erst...

TRUDE *zu Grimm:* Siehst du!... *Zu Lucie:* Warum sagt uns das denn keiner?

LUCIE *leichthin:* Anton hat es sicher vergessen. Ist doch nicht so wichtig.

TURDE Jetzt sind wir hier die einzigen Trottel ohne Geschenk.

LUCIE Wenn Sie in die Päckchen reinsehen könnten, würden Sie wissen, daß das für Anton kein Verlust ist. Wirklich nichts zu essen?...

Ein einziges Paar im Raum tanzt, sehr langsam, von niemandem beachtet, ein Schriftsteller und eine Malerin.

SCHRIFTSTELLER Jetzt gehen sie zum Buffet. Was werden sie sich nehmen?

MALERIN Woher soll ich das wissen?

SCHRIFTSTELLER Ich tippe auf Krabben, Muscheln, Shrimps oder solches Zeug.

MALERIN Wie kommst du darauf?

SCHRIFTSTELLER Menschenkenntnis ...

Am Buffet Trude und Grimm, der sich zuerst etwas auf den Teller legt. Und zwar Krabben.

GRIMM Möchtest du auch 'n paar Krabben?

TRUDE Ich nehm mir lieber von den Muscheln ... *Sie tut es.*

Wieder bei dem tanzenden Paar.

SCHRIFTSTELLER *triumphierend:* Na, was sagst du jetzt?

MALERIN Wenn du ans Buffet gehst, weiß ich auch vorher, was du nimmst ...

SCHRIFTSTELLER Und zwar?

MALERIN Grappa.

An einem separaten Tischchen sitzen Grimm und Trude und essen.

TRUDE War doch 'ne gute Idee, herzukommen. Oder?

GRIMM Sagen wir mittelgut.

TRUDE Was hast du auszusetzen?

GRIMM Erstens, daß ich keinen Schwanz hier kenne, zweitens, daß alle uns anstieren, als wären sie bei der Stasi, und drittens, daß mir die Hose zu eng is.

TRUDE Immerzu beklagst du dich. So is nun mal 'ne Westparty.

GRIMM Ich beklage mich nich ... Zum Glück haben wir

unsere Ostparty heute schon gehabt. Fandst du die nich besser? *Sie stößt ihn verlegen unter dem Tisch mit dem Fuß an.* Hör auf – auch das wird beobachtet...

TRUDE Mach dir doch den obersten Knopf auf.

GRIMM Damit ich nachher aufsteh und die Hose verliere. Das könnte denen so passen...

8. Folge
Streik und andere Scherereien

Personen

Benno Grimm
Theo Grimm
Anton Steinheim
Karl Blauhorn
Eine britische Dame
Ein Taschendieb
Trude Grimm
Kundin eines Fernsehgeschäfts
Ein Fernsehfritze
Elli Liebold
Eine Amerikanerin
Ein Amerikaner
Lucie Steinheim
Eine Wirtin
Roth, *Kneipengast*
Ein junger Mann
Bargeschäftsführer

1. Bild
Schlafzimmer der Grimms

Grimm, allein im großen Ehebett, schläft noch. Es klopft kurz und leise an die Tür, eine Formalie, Theo kommt herein. Er ist damit beschäftigt, sich ein Hemd zuzuknöpfen. Er geht zu seinem schlafenden Vater.

THEO *leise:* Papa...
Nichts. Theo berührt ihn an der Schulter, Grimm wacht auf. Er, Grimm, blickt zur Seite, wo seine Frau nicht mehr liegt.

GRIMM Sag bloß, es is schon Mittag?

THEO Wie kommst du auf Mittag?

GRIMM Weil du schon wach bist.

THEO Für neun Uhr und für deine Verhältnisse klingt das erstaunlich witzig.

GRIMM Neun? Wieso weckst du mich um neun?

THEO Weil unser Hausschriftsteller da ist.

GRIMM Kannst du ihn nich 'n bißchen bei Laune halten?

THEO Muß zur Arbeit... *Er geht wieder aus dem Zimmer.*

GRIMM In Ausreden war der schon immer groß... *Er verschränkt die Hände unter dem Kopf.*

2. Bild
Wohnzimmer der Grimms

Grimm kommt aus dem Schlafzimmer herein, in Unterhemd und Unterhose, so wie er geschlafen hat. Er durchquert den Raum. Am Fenster sitzt Steinheim und läßt die Zeitung sinken, die er gerade gelesen hat.

STEINHEIM Komme ich etwa zu früh?

GRIMM *ohne Freude:* Absolut nich. Ich setz nur schnell 'n Kaffee auf.

STEINHEIM Falls Sie Appetit haben – ich habe ein paar Brötchen mitgebracht... *Er zeigt zum Tisch, wo eine Tüte liegt.*

GRIMM Is sehr nett. Bei mir dauert's nur 'n paar Minuten... *Will hinausgehen.*

STEINHEIM Ich kann ja solange zu Herrn Blauhorn gehen. Ist er in seinem Zimmer?

GRIMM Ich fürchte, ja... *Er geht hinaus.*

3. Bild
Blauhorns Zimmer

Blauhorn sitzt an seinem Tisch und frühstückt. Er hat sich auf einem Tablett alles hereingeholt, was dazugehört – Butterbrot, Marmelade, ein Ei, eine Tasse Tee mit Beutel darin. Steinheim steckt den Kopf zur Tür herein.

STEINHEIM Ich störe hoffentlich nicht?

Blauhorn macht eine einladende Handbewegung.

Steinheim kommt herein.

STEINHEIM Falls es Sie interessiert – draußen sind frische Brötchen.

Keine Reaktion, Blauhorn ißt. Steinheim setzt sich zu ihm, aber Blauhorn beschäftigt sich mit seinem Frühstück und sieht ihn nicht einmal an. So geht das ein paar Sekunden.

STEINHEIM Ist etwas nicht in Ordnung?

Blauhorn deutet stumm zur Tür. Dann bemerkt er, daß ein Pappschild, auf das er zeigen wollte, umgefallen ist und auf der Schriftseite liegt. Er geht hin, stellt das Schild auf und setzt sich dann wieder. Auf der Pappe ist in Druckbuchstaben zu lesen:

Dieses Zimmer wird bestreikt!

Steinheim liest es.

STEINHEIM Was hat das zu bedeuten?

Blauhorn muß sich überwinden, um den Mund aufzumachen.

BLAUHORN Wissen Sie nich, was 'n Streik is?

STEINHEIM Natürlich weiß ich das. Aber worum wird gestreikt? Und dazu noch in diesem Zimmer?

BLAUHORN Um nichts anderes als bei allen Streiks – um Menschenwürde und um Geld.

STEINHEIM Könnten Sie mir das mit ein paar Worten erläutern? . . .

Er nimmt sein Kassettengerät aus der Tasche und stellt es auf den Tisch.

BLAUHORN Tut mir leid, aber das Ding dürfen Sie heute hier nich anmachen.

STEINHEIM *verblüfft:* Was ist denn los? Warum nicht?

BLAUHORN Stecken Sie's ein, dann erklär ich's Ihnen . . .

Er ißt, unter den Blicken Steinheims, gleichmütig weiter. Steinheim steckt den Recorder zurück in die Tasche.

BLAUHORN Weil Sie's sind, mach ich 'ne Ausnahme. Eigentlich hatte ich mir vorgenommen, überhaupt nich zu reden. Herr Grimm weiß, warum. Aber bevor er Ihnen irgendwelchen Scheiß erzählt, erklär ich's Ihnen lieber selbst...

STEINHEIM Sie haben mich noch nie so neugierig gesehen...

Blauhorn trinkt aufreizend lange Tee.

STEINHEIM Habe ich Sie etwa gekränkt?

BLAUHORN Mit Ihnen hat das Ganze nichts zu tun. Ich will mich bloß nich länger von Herrn Grimm ausbeuten lassen.

STEINHEIM Wie macht er das? Wie beutet er Sie aus?

BLAUHORN Indem er sich weigert, mir von dem Fernsehgeld, das er kriegt, auch nur 'n Pfennig abzugeben.

STEINHEIM Haben Sie mit ihm schon darüber gesprochen?

BLAUHORN Nich nur e i n Mal, das können Sie mir glauben. Aber wenn's um Geld geht, stellt er seine Ohren auf Durchzug... Und jetzt reicht's mir. Ich hab' ihm gesagt – von mir kommt kein einziges Wort mehr, bevor der Rubel rollt... *Er ißt weiter, und Steinheim sieht ihn unzufrieden an.*

BLAUHORN Ich hoffe, Sie verstehen, daß das nich gegen Sie gerichtet is?

STEINHEIM Natürlich... Da kann ich ja wohl nichts tun?... Oder?... Glauben Sie, es hätte Sinn, wenn ich als Vermittler auftrete?

BLAUHORN *überlegt kurz:* Vielleicht könnten Sie 'n bißchen Druck machen ... Aber im Prinzip is das 'ne Sache zwischen Herrn Grimm und mir ... Und jetzt bitte ich um Ihr Verständnis, wenn der Streik in voller Schärfe weitergeht. *Er ißt, er will von nun an schweigen wie ein Grab.*

STEINHEIM Wissen Sie, ob Theo vorhat, tagsüber wegzugehen?

Blauhorn ißt, als hätte er nichts gehört.

STEINHEIM Ich erinnere mich, daß er sehr wortkarg war, als er mir die Tür geöffnet hat. Befindet er sich etwa auch im Streik?

Blauhorn hat nichts gehört. Steinheim steht unschlüssig auf.

STEINHEIM Ich verstehe Ihren Standpunkt durchaus. Aber Ihnen ist doch klar, wer dabei der eigentlich Dumme ist?

Blauhorn sieht ihn an und zeigt mit dem Finger auf sich. Da schüttelt Steinheim den Kopf und zeigt mit dem Finger auf sich.

4. Bild
Museum

Wir sind im großen Saal eines Museums, etwa der Nationalgalerie oder bei der riesigen Treppe des Pergamonaltars. Im Raum sollten reichlich Besucher sein. Theo schlendert mit einer älteren Frau durch den Raum, sagen wir, einer britischen Dame. Die Frau bleibt beeindruckt stehen.

BRITISCHE DAME This is very impressive indeed...

THEO Oh yes, it is...

Aus einiger Entfernung sehen wir, wie die beiden sich trennen. Theo setzt sich auf eine Bank am Rande des Saals, während die Dame sich vor eines der Gemälde oder vor eines der Reliefs stellt und es hingegeben betrachtet. Offenbar will sie viel Zeit in diesem Saal zubringen. Auf seiner Bank liest Theo in einem Museumsführer. Nach einigen Sekunden blickt er auf und sucht mit Blicken die Dame. Er sieht, wie ein Mann, ein elegant gekleideter, recht kleiner Mensch, hinter die Britin getreten ist, sich ein paarmal umblickt und dann seine Hand in die Handtasche der Britin eintaucht. Sie bemerkt nichts davon, sie genießt die Exponate. Theo steht auf. Er geht schnell durch den Raum, verlangsamt dann den Schritt, wir sehen, daß er dicht hinter dem Dieb ist. Der geht jetzt langsam, denn seine Arbeit ist erledigt. Theo folgt ihm. Als der Mann bei einer Tür ankommt, tippt Theo ihm auf die Schulter. Der Mann dreht sich um.

THEO Ich muß mal mit dir reden, Kumpel...

DIEB Was wollen Sie?

THEO Ich bin das Wachpersonal von der Frau, die du eben beklaut hast.

DIEB *als hätte er nicht richtig gehört:* Wie bitte?

Theo stellt sich zwischen den Mann und die Tür.

THEO Wenn du willst, können wir die Angelegenheit unter uns klären. Wenn's dir aber lieber ist, können wir auch Theater machen. Mit Festhalten, Polizei und allen Schikanen. Na?

DIEB Was meinen Sie mit unter uns klären?

THEO Du kannst ruhig du zu mir sagen. Ich meine, du gibst mir zurück, was du aus der Tasche der Frau da drüben rausgeholt hast, und dann klaust du woanders weiter. Okay?

Ein paar Sekunden stehen sie sich gegenüber, Auge in Auge. Dann:

DIEB Okay. Du mußt mir aber zeigen, welche Frau du meinst...

Theo grinst. Er zeigt auf seine Klientin.

THEO Ich meine die alte Dame mit dem grauen Hut und dem roten Halstuch... Siehst du sie?

DIEB *sieht sie:* Bei der hatte ich gleich 'n ungutes Gefühl. Könnten wir nich in irgend 'ne Ecke gehen?

Theo sieht sich nach einer geeigneten Stelle für die Übergabe um. Dann greift er den Mann am Arm, und sie gehen los.

THEO Tu mir eine Liebe, Kumpel, versuch keine krummen Dinger. Laß es so angenehm zu Ende gehen, wie's angefangen hat...

Sie kommen unter der Schräge irgendeiner Treppe an. Der Dieb dreht Theo den Rücken zu, damit der nicht sehen kann, was er aus der Tasche holt. Dann überreicht er Theo ein ledernes Portemonnaie.

DIEB Ich glaube, das hier war's...

Theo öffnet das Portemonnaie, stochert kurz mit dem Finger darin und zieht irgendeinen Ausweis mit Bild heraus. In einem INSERT sehen wir das Foto einer bebrillten jungen Frau, auf den ersten Blick erkennbar als das falsche.

THEO Bist du irre, Mann?

Er hält dem Dieb das Foto hin.

DIEB Tut mir echt leid...

Er nimmt Ausweis und Portemonnaie zurück, dreht sich wieder um und will die Auswahlprozedur wiederholen.

THEO *ungeduldig:* Mach mal ein bißchen.

DIEB So schnell geht das nich...

THEO Wenn du mir wieder was Falsches gibts, muß ich selbst nachgucken.

Der Dieb überreicht ihm ein anderes Stück, eine kleine Brieftasche.

DIEB Das isses. Du kannst dich drauf verlassen...

Theo nimmt die Brieftasche und kontrolliert wieder. Wir sehen eine Karte, auf der das Wort Hotelausweis *zu entziffern ist.*

THEO Stimmt... *Er prüft den Inhalt der Fächer.* Hast du Geld rausgenommen?

DIEB *geradezu entrüstet:* Na hör mal, für wen hältst du mich!

THEO *begütigend:* Okay, okay, is ja gut...

Sie stehen so, daß der Mann unter der Treppenschräge gleichsam gefangen ist, weil Theo ihm den Weg abschneidet.

DIEB Kann ich jetzt gehen?

Theo, mit der Brieftasche in der Hand, überlegt.

THEO Ich seh ein Problem: ...Ich kann der Frau doch nich einfach die Brieftasche in die Hand drücken. Wie soll ich ihr erklären, woher ich die habe?

Einen Augenblick stehen beide unschlüssig da. Dann nimmt der Dieb Theo die Brieftasche aus der Hand. Theo läßt es geschehen, so als wüßte er, daß das, was der Mann vorhat, in Ordnung ist. Der Dieb geht zu der Frau, die inzwischen ein anderes Exponat bewundert. Theo folgt ihm. Der Dieb bleibt hinter der Frau stehen, Theo hinter dem Dieb. Theo stellt sich so, daß er dem Mann Sichtschutz bietet. Der Dieb blickt sich kurz um, dann steckt er der Britin die Brieftasche zurück in die Handtasche. Natürlich bemerkt sie nichts. Nach getaner Arbeit geht der Dieb davon. Als er bei der Tür angelangt ist, sieht er kurz zu Theo. Sie heben beide zum Abschied leicht die Hand, zwei Menschen, die sich mögen.

Die britische Dame wendet den Kopf zu Theo, der jetzt hinter ihr steht. Sie scheint sehr zufrieden.

BRITISCHE DAME This is v e r y, v e r y beautiful!...

5. Bild
Wohnzimmer der Grimms

Es ist früher Abend. Grimm sitzt auf dem Sofa und sieht fern, es läuft eine Fußballübertragung. Der Ton, obwohl leise gestellt, ist schrecklich – bei jedem zweiten Wort des Reporters verschwindet er, kommt wieder, pausenlos knackt und krächzt es. Trude bügelt und unterhält sich mit Steinheim; der steht neben ihr, mit einem Behälter in der Hand, ähnlich einer Streudose für Zucker, aus dem er hin und wieder Wasser auf das Wäschestück sprüht, das Trude gerade bügelt.

TRUDE Hier in die Ecke kann noch was hin ... *Steinheim sprüht.* Gucken Sie zu Hause auch Fußball?

Grimm dreht sich um, weil er weiß, daß die Frage eigentlich für ihn bestimmt ist. Er sieht, wie Stein-

heim lächelnd den Kopf schüttelt, dann wendet er sich wieder dem Ferseher zu.

TRUDE Wenn er wenigstens diesen ätzenden Ton ausschalten würde. Er versteht ja sowieso kein Wort...

Grimm stellt, ohne den Kopf zu wenden, den Ton ab.

GRIMM Wenn Herr Blauhorn nich immer bis zum Anschlag aufdrehen würde, wär der Ton noch in Ordnung.

Trude bügelt wortlos weiter. Sie zeigt Steinheim mit dem Finger, wohin er sprühen soll. Blauhorn kommt herein. Er geht stumm durchs Zimmer, ohne jemanden anzusehen, auch wenn ihn die Blicke aller verfolgen. Er tritt an den Schrank, nimmt ein Glas, gießt sich aus einer unetikettierten Flasche Schnaps ein und geht dann wieder hinaus.

STEINHEIM Wenn ich das nächstemal komme, werde ich Ihnen Bilder von unserer Party mitbringen. Irgendjemand hat fotografiert.

TRUDE Mit der Party haben Sie uns ganz schön gelinkt.

STEINHEIM Wie denn das?

TRUDE Wir waren die einzigen, die nich wußten, daß 'n Geburtstag gefeiert wurde.

STEINHEIM Ich hatte überhaupt nicht Geburtstag. Erst einen Tag später.

GRIMM *ohne den Kopf zu wenden:* Das is Wortklauberei.

TRUDE Da hat er recht...

Steinheim muß wieder sprühen.

STEINHEIM *nicht gerade zerknirscht:* Wenn Sie es so sehen, bitte ich um Entschuldigung – es war keine böse Absicht...

TRUDE Fast wären wir nich gekommen.

STEINHEIM Warum denn das?

TRUDE Weil Benno ...

Offenbar fürchtet Grimm, daß sie hemmungslos genug ist, etwas über ihr Sexualleben auszuplaudern, deshalb fällt er ihr ins Wort:

GRIMM Trude – also bitte! ...

Aber Trude will etwas anderes sagen, als er befürchtet.

TRUDE Weil Benno seine goldenen Manschettenknöpfe nich gefunden hat. Was denken Sie, was es für 'ne Arbeit war, ihn trotzdem zu bewegen? ...

STEINHEIM Die Arbeit hat sich gelohnt, und ich hoffe, die Manschettenknöpfe haben sich inzwischen angefunden?

Er wird angehalten zu sprühen.

TRUDE Klar haben die sich gefunden – als Zahnfüllung. Da oben ... *Sie zeigt mit dem Finger, wo.*

GRIMM *ärgerlich:* Jetzt streckt das Ding endgültig alle viere von sich! ...

Er meint den Fernseher. Wir sehen, daß nun auch das Bild verschwunden ist – nur noch ein müdes Rauschen auf dem Bildschirm.

TRUDE Wenn der zur Reparatur kommt, dann is wenigstens für eine Woche Ruhe.

GRIMM *zu Steinheim:* Gibt es nich 'ne Werkstatt, die für die Zeit der Reparatur 'n Ersatzgerät hinstellt?

STEINHEIM Kann ich leider nicht sagen. Möglich wär's.

Grimm schaltet noch ein paar Sekunden an dem Apparat herum, ohne Erfolg, dann macht er ihn aus. Wieder kommt Blauhorn herein. Diesmal bringt er das leere Gläschen mit. Er geht zum Schrank, gießt es aus derselben Flasche voll wie zuvor und geht hinaus, ohne jemanden eines Blickes zu würdigen.

TRUDE *zu Steinheim:* Das is auch so'ne Vereinigungsgeschichte ...

STEINHEIM Was meinen Sie? Herrn Blauhorns Generalstreik?

TRUDE Meine Zähne ...

GRIMM *zu Trude, skeptisch:* Die Geschichte kannst du auf'm Dentistenkongreß erzählen, aber doch nich Herrn Steinheim ...

Er geht vom Sofa zu dem Tischchen mit den Anker-Steinen und baut. Trude kümmert sich nicht um seinen Einwand.

TRUDE *zu Steinheim:* Eines Tages, Jahre vor der Wende, hatte ich's satt, daß mir jeder zweite Tag durch Zahnschmerzen versaut wurde. Mein Mund war voll von Metallplomben, Amalgam oder wie das Zeug heißt. Wenn ich was Kaltes getrunken habe, taten die weh, und wenn ich was Warmes gegessen habe, taten die weh, und zwei hab ich verschluckt, weil sie einfach rausgefallen sind ...

GRIMM *vom Ankertischchen her, berstend vor Ironie:* Das is mal 'ne spannende Geschichte, was?

TRUDE Mein Gott, man wird doch mal 'ne langweilige Geschichte erzählen dürfen. Oder gelten für mich andere Regeln als für dich?

GRIMM Gut gegeben ...

Es ist, als erteile er mit diesen Worten Trude die Genehmigung zum Weitererzählen. Steinheim lächelt. Trude zeigt ihm, wohin er sprühen soll, und er tut es.

TRUDE *fährt fort:* Jedenfalls hab ich im Alter von dreiundvierzig beschlossen, das ganze morsche Zeug rausreißen zu lassen und mein Gebiß zu sanieren. Die Frage war bloß, wo ich das Gold dafür herkriegen sollte...

STEINHEIM Das waren die Manschettenknöpfe?

TRUDE *zu Grimm:* Wenn ich mit deiner Genehmigung 'n schwachen Witz machen darf... *zu Steinheim:* Die reichten gerade für einen hohlen Zahn... 'ne schöne schwere Goldkette ging auch drauf, das einzige Erbstück von meiner Oma. Aber auch die reichte noch lange nich...

STEINHEIM Sie waren nicht reich, das verstehe ich – aber wäre es nicht trotzdem günstiger gewesen, das Gold zu kaufen?

TRUDE In der DDR gab's kein Gold zu kaufen. Entweder man besaß Schmuck von früher, oder man ließ sich welches aus'm Westen herschmuggeln. Ich hatte auch schon was angeleiert... Die Arbeit an'n Zähnen bezahlte anstandslos die Krankenkasse, fürs Gold mußte man also selber sorgen... Als ich mit dem Oberkiefer fertig war, kam mir die deutsche Einheit dazwischen...

STEINHEIM Dazwischen?

TRUDE Jetzt kann ich an jeder Ecke Gold kaufen. Aber die Krankenkasse zahlt in meinem Fall nur 50 Prozent der Zahnarztkosten, und das kann ich mir nich leisten... *Sie stellt das Bügeleisen auf einen umgestülpten Teller und zieht die Schnur aus der Steckdose, sie ist fertig mit dem Bügeln. Das letzte Wäschestück, ein Laken, nimmt sie vom Brett und faltete es mit Steinheims Hilfe zusammen.* Jetzt steh ich da mit meinem halbsanierten Gebiß und träum von der anderen Hälfte. Wenn die Einheit etwa 'n halbes Jahr später gekommen wär, wär's für meine Zähne besser gewesen, das steht ja wohl fest...

Blauhorn kommt mit dem leeren Gläschen zum drittenmal herein. Bevor er aber den Schrank mit dem Schnaps erreicht hat, ist Grimm schon dort. Vor Blauhorns Nase nimmt er die Flasche, geht damit quer durchs Zimmer zur Tür und stellt sie draußen vor die Tür. Blauhorn nimmt es gleichmütig hin. Wortlos macht er kehrt, geht wieder hinaus und schließt die Tür.

STEINHEIM *vor sich hin:* O du bizarres, geheimnisvolles Leben!...

6. Bild
Großes Fernsehgeschäft

Eine Ausstellung von Fernsehern, Wände voll der verschiedensten Typen. Vor jedem Apparat ein Schild mit ein paar Angaben und dem Preis. Reichlich Kundschaft. Grimm steht vor solch einer Wand, einen Schreibblock in der Hand, und notiert Preise. Dann sehen wir ihn an einem Ständer, aus dem er sich ein paar Prospekte nimmt. Er blickt um sich, doch kein Verkäufer ist in der Nähe.

EINE KUNDIN *zu Grimm:* Warten Sie ooch uff Bedienung? *Grimm nickt.*

KUNDIN Det ist wie im Osten – keene Sau kümmert sich um een.

GRIMM Was heißt – wie im Osten? Sie *sind* hier im Osten.

7. Bild
Fernsehladen

Das Geschäft eines kleinen Krauters, Verkauf und Reparatur. Der enge Raum ist bis unter die Decke voll von gebrauchten Fernsehern, die aber nicht ordentlich ausgestellt sind, sondern eher gestapelt. Dazwischen einige Schilder mit Reklamebildern für moderne Apparate. Der Fernsehfritze sitzt an einem Tisch, der mit Teilen übersät ist, und repariert.

FERNSEHFRITZE Sehen Sie sich ruhig um...
Denn in seinem Laden steht Grimm und studiert die gebrauchten Geräte.
GRIMM 's is schade, daß keine Preise dranstehen.
FERNSEHFRITZE Sie können ja fragen...
Ein paar Sekunden vergehen, bevor Grimm auf einen der Apparate zeigt.
GRIMM Was kostet der hier?
FERNSEHFRITZE *blickt nur kurz auf:* Dreihundertfünfundzwanzig.
GRIMM Und der?
FERNSEHFRITZE Zweihundertachtundneunzig.
GRIMM Gibt's darauf irgend 'ne Garantie?
Der Fernsehfritze rückt ein Schild auf seinem Tisch so zurecht, so daß Grimm es lesen kann. Auch wir lesen:

Auf alle gebrauchten Geräte leisten wir eine
Garantie von vier Wochen

GRIMM *nach dem Lesen:* Vier Wochen sind aber nich gerade 'ne Ewigkeit...

FERNSEHFRITZE Und zu den Preisen sagen Sie nichts?

Grimm zieht seinen Schreibblock aus der Tasche.

GRIMM Verkaufen Sie auch neue Apparate?

FERNSEHFRITZE Ja.

GRIMM Welche Marken?

FERNSEHFRITZE Alle.

GRIMM Wie lange dauert's, bis sie die besorgt haben?

FERNSEHFRITZE Kommt drauf an.

Grimm schlägt eine Seite in seinem Schreibblock auf und legt sie vor den Mann hin.

GRIMM Ich hab' hier 'n paar Preise aufgeschrieben. Können Sie mir Ihre Preise dazu sagen?

Der Fernsehfritze studiert kurz die Seite, dann arbeitet er weiter.

FERNSEHFRITZE Liegen alle drüber.

Grimm nimmt den Block wieder an sich.

GRIMM Und warum soll ich dann ausgerechnet bei Ihnen 'n Fernseher kaufen?

Zum erstenmal wendet sich der Mann Grimm zu.

FERNSEHFRITZE Sagen Sie mal – was wollen Sie von mir? Bin ich hier reingekommen oder Sie?

8. Bild
Flur bei Grimms

Es klingelt. Blauhorn steht da, putzt Schuhe und reagiert nicht auf das Klingeln. Aus dem Wohnzimmer kommt Steinheim.

STEINHEIM Hat es nicht geklingelt?
Blauhorn reagiert nicht. Es klingelt wieder. Blauhorn verschwindet mit dem Schuhputzzeug in seinem Zimmer, während Steinheim zur Wohnungstür geht und öffnet. Draußen steht eine fremde Frau, Elli Liebold, eine Freundin Trudes. Sie ist jünger als Trude, nicht älter als Ende dreißig, und sollte auffallend gut aussehen. Sie sieht verwundert auf Steinheim, dann auf das Namensschild an der Tür, wie um zu prüfen, ob sie sich nicht in der Wohnung geirrt hat.
STEINHEIM Guten Tag. Zu wem möchten Sie?
ELLI LIEBOLD Zu den Grimms. Sind die nich da?
Bevor Steinheim antworten kann, hört man aus dem Wohnzimmer die rufende Stimme Grimms:
GRIMMS STIMME Trude?
ELLI LIEBOLD *ruft zurück:* Nee, ich bin's, Elli...
Da alles in Ordnung zu sein scheint, gibt Steinheim den Weg frei und läßt sie eintreten. Aus dem Wohnzimmer kommt Grimm. Er gibt der Besucherin einen Begrüßungskuß.
GRIMM Tag, Elli. Trude is noch in der Schule. Muß aber jeden Moment hier sein. Komm rein.
ELLI LIEBOLD Nee, ich hab nich viel Zeit. Ich wollte nur mal auf'n Sprung reinsehen. *Sie blickt Steinheim*

hinterher, der gerade wieder im Wohnzimmer verschwindet.

ELLI LIEBOLD *nachdem die Tür sich geschlossen hat:* War das euer Schriftsteller?

GRIMM Du bist toll informiert, er is es. Aber weißt du auch, daß er verheiratet is?

ELLI LIEBOLD *unernst:* Das macht doch die Sache gerade interessant. Hast du vergessen, wie's bei uns beiden war? ... *Wieder ernsthaft:* Sag Trude bitte, daß ich ...

In diesem Augenblick wird die Wohnungstür von außen geöffnet – Trude kommt von der Arbeit. Sie sieht Elli Liebold und freut sich.

TRUDE Hallo! ...

Die beiden Frauen küssen sich zur Begrüßung.

GRIMM Wenn ich 'n Zehntel so liebevoll behandelt werden würde, wär ich der glücklichste Mensch ...

Auch er verschwindet im Wohnzimmer.

ELLI LIEBOLD Ich würde an deiner Stelle mal prüfen, ob das nich ernst gemeint war ...

Trude winkt ab, als lohne es nicht, darüber zu reden.

TRUDE Komm mit in die Küche ...

9. Bild
Küche der Grimms

Die beiden Frauen betreten die Küche. Trude wirft Aktentasche und ihren Mantel, falls sie einen trägt, auf einen Stuhl.

TRUDE Bist du schon lange hier?

ELLI LIEBOLD Fünf Minuten. Ich hab' nich viel Zeit. Ich bin nur gekommen, weil ich dich für nächsten Donnerstag einladen will.

TRUDE Was trinken?

Elli Liebold schüttelt den Kopf, Trude nimmt sich Mineralwasser. Dann setzt sie sich hin wie jemand, der restlos erschöpft ist.

TRUDE Die kleinen Verbrecher in der Schule machen einen fertig... Was is nächsten Donnerstag? *Sie trinkt wie eine Verdurstende.*

ELLI LIEBOLD Hast du nich mal vor Jahren meinen Bruder aus Nürnberg kennengelernt?

Trude nickt.

TRUDE Wirklich nichts zu trinken?

Wieder schüttelt Elli Liebold den Kopf.

ELLI LIEBOLD Der besucht mich, und ich verspreche dir einen hochinteressanten Nachmittag.

TRUDE Ich hab' ihn als 'n bißchen langweilig in Erinnerung. Hat er sich so verändert?

ELLI LIEBOLD Die Situation hat sich verändert. Es gibt den Zoff des Jahres, darauf kannst du deinen Kopf wetten. Bring unbedingt Benno mit.

TRUDE Was um Gottes willen is passiert?

ELLI LIEBOLD *könnte Rudi Carell nachahmen:* Laß dich überraschen. Es kann sogar sein, daß ich dich als Zeugin brauche...

Die verwunderten Augen Trudes.

10. Bild
Wohnzimmer der Grimms

Grimm steht vor seinem neuen, prächtigen Fernseher. Er schaltet daran herum, gerade stellt er ein Programm ein. Steinheim sitzt auf dem Sofa und sieht ihm zu.

STEINHEIM Habe ich Ihnen schon gesagt, daß ich für drei, vier Tage verreisen muß?
Grimm hört ihn nicht, er hat nur Augen und Ohren für seine Neuanschaffung.

GRIMM Sie werden's nich glauben – der war in dem einen Laden zwohundertsiebzig Deutsche Mark billiger als im anderen.

STEINHEIM Er ist wie ein Lagerfeuer, um das sich die ganze Familie versammelt.

GRIMM *ohne die Spur von Ironie:* So schön hätt ich's nie sagen können... Isses jetzt scharf? *Er meint den soeben eingestellten Sender.*

STEINHEIM Gestochen.

GRIMM Der ist absolut blendfrei... *Er macht das Deckenlicht an.* ... Es kann noch so hell sein, und man kann sich hinsetzen, wohin man will – es gibt keine Reflexionen...
Steinheim verändert seinen Standort und sieht dann auf den Bildschirm – man sieht nichts als ein Spiegelbild der Deckenlampe oder des Fensters. Trude kommt ins Zimmer, soeben hat sie Elli Liebold zur Tür gebracht.

TRUDE Tag, Herr Steinheim...

STEINHEIM Guten Tag...
Sie geben sich die Hand.

STEINHEIM Wieder mal die Schule überlebt?

Aber sie antwortet nicht, denn sie hat den neuen Fernseher entdeckt. Sie geht hin und betrachtet ihn wie ein Ding aus einer anderen Welt. Grimm sieht lächelnd zu Steinheim, er freut sich über die Überraschung, die ihm gelungen zu sein scheint.

TRUDE *zu Grimm:* Hast du den gekauft?

GRIMM *zu Steinheim, in Erwartung von Trudes Lob:* Wie sie das wohl rausgekriegt hat?

Eine Weile vergeht, Trude sieht noch einmal den Fernseher an, dann ihren Mann.

TRUDE Sag mal, bist du denn noch zu retten? ... Wieso konntest du nich den alten Fernseher zur Reparatur bringen? Der hätt's noch zehn Jahre getan!

Grimm ist der Auftritt vor Steinheim peinlich.

GRIMM *pikiert:* Falls es dir um's Geld geht...

TRUDE *dazwischen:* Natürlich geht's ums Geld! Du wirst ihn ja nich mit Hosenknöpfen bezahlt haben!

GRIMM *vollendet den Satz:* ... kannst du beruhigt sein – ich hab keinen einzigen Pfennig von unserem Konto dafür genommen.

TRUDE Das is kolossal beruhigend. Hast du 'ne Erbschaft gemacht? ... Oder hast du etwa in der Lotterie gewonnen?

Grimm macht den Fernseher mit der Fernbedienung aus.

GRIMM *bitter:* Dann is der Trick, scheint's, mißglückt... *Zu Steinheim:* Und ich Trottel hatte geglaubt, man könnte dieser Frau auch mal 'ne Freude machen.

TRUDE Ach so, für mich hast du den Fernseher gekauft!... Nich zum Tennisgucken und nich zum

Boxengucken und nich zum Fußballgucken, sondern für mich?!... Das is ja wunderbar, dann bedanke ich mich herzlich. Ich möchte ihn in 'ner Kiste verpackt und in den Keller gestellt haben... *Sie wendet sich zur Tür und scheint hinausgehen zu wollen, doch sie überlegt es sich unterwegs anders. Sie wendet sich an Steinheim – der Ärger ist einfach zu groß.* Dieser arbeitslose Mensch, ohne Aussicht auf'n Job, mit drei Mark achtzig auf'm Konto, mit so viel Zukunftsangst, daß er Schlafstörungen hat – der muß 'n Fernseher kaufen! Weil 'n Fernseher genau das is, was wir am dringendsten brauchen!... Und als Ernährer der Familie braucht er sich natürlich auch mit niemandem zu beraten! Hat er doch nich nötig!... *Sie redet sich so in Wut, wie wir es von ihr noch nie gesehen haben.* ... Wissen Sie, wovon er dieses dämliche Ding bezahlt hat? Von dem Geld, das wir für Sie kriegen! Weil ihm das nämlich ganz allein gehört! Nich meinem Vater, nich Theo, nich mir, sondern Herrn Grimm ganz allein!... *Wieder wendet sie sich zur Tür; aber als sie die Klinke in der Hand hat, überlegt sie es sich zum zweitenmal anders, denn noch immer ist nicht alles gesagt. Zu Steinheim:* Wissen Sie, warum es so elend lange dauert, bis wir hier im Osten auf'n grünen Zweig kommen?... Weil man den Ostidioten alles aufschwatzen kann. Bei den Eingeborenen in Afrika waren's früher Glasperlen und Seidenbänder, und bei uns sind's eben Taschenrechner und Videorecorder und Mikrowellen. Und selbstverständlich Fernseher... *Zu Grimm:* Erklär mir mal bei Gelegenheit, wieso dein Fernseher was anderes sein soll als Opas Rheumakissen? Außer daß er hundertmal so teuer is? *Und jetzt geht sie wirklich.*

Einige Augenblicke herrscht Ruhe. Dann macht Grimm mit der Fernbedienung den Apparat wieder an.

GRIMM Haben Sie schon gesehen, daß man per Knopfdruck jeden gespeicherten Sender auf'n anderen Programmplatz legen kann? ...

Steinheim ist anzumerken, daß er diesen Redebeitrag für der Situation nicht angemessen hält.

11. Bild
Marx-Engels-Platz in Ostberlin

Theo bei der Arbeit – er steht mit einem älteren Ehepaar mitten auf dem Platz und erklärt. Die Leute sind Amerikaner. Die Frau hört den Ausführungen Theos aufmerksamer zu als der Mann, denn der fotografiert dauernd, auch seine Frau mit Theo.

THEO This big house is called »Palast der Republik«. *Er übersetzt:* Palace of the Republic ... Which means – Palace of the German Democratic Republic. Do you unterstand?

DIE AMERIKANERIN Oh, sure, Deutsche Demokratische Republik. What will you do with this building?

THEO It is so ugly, we will blow it up. Do you understand? – A big package dynamite, and then bäng bäng and bye-bye ...

AMERIKANERIN *erstaunt, zu ihrem fotografierenden*

Mann: Jonathan, did you hear that? – The Germans will blow up this enormous house!

AMERIKANER Why?

AMERIKANERIN They say, it's too ugly.

Der Mann betrachtet kurz den Palast der Republik.

AMERIKANER *verständnislos:* Ugly? It's one of the few beautiful houses in the whole damned town ...

12. Bild
Schlafzimmer der Grimms

Es ist finster, Trude und Benno schlafen. Aus dem Wohnzimmer hört man das Telefon klingeln. Einmal und noch einmal. Trude macht die Nachttischlampe an. Auch Grimm wacht auf.

TRUDE Es is kurz nach zwei ...

GRIMM Mach's Licht aus und laß es klingeln ...

Er dreht sich auf die andere Seite und will einschlafen. Trude steht auf.

GRIMM Wollen wir wetten – es is eine von den bekloppten Freundinnen von Theo?

Es hat inzwischen natürlich regelmäßig geklingelt – Trude geht hinaus ins Wohnzimmer.

13. Bild
Wohnzimmer der Grimms

Trude macht das Licht an und schlurft zum Telefon, es hört und hört nicht auf zu läuten. Sie nimmt den Hörer ab.

TRUDE Ja?

LUCIE STEINHEIMS STIMME *aus dem Hörer:* Frau Grimm?

TRUDE Ja?

14. Bild
Telefonzelle

Es regnet. Lucie in einer Telefonzelle, in einer stillen Straße in der Nähe ihrer Wohnung. Sie ist angezogen wie nach einem Theater- oder Opernbesuch.

LUCIE IN DEN HÖRER: Hier ist Lucie Steinheim. Entschuldigen Sie tausendmal. Es ist mir furchtbar peinlich, aber ich weiß keinen anderen Rat.

TRUDES STIMME *aus dem Hörer:* Was is passiert?

LUCIE Mein Mann ist für Tage verreist, und ich dumme Gans bin ausgegangen und hab' den Schlüssel vergessen.

15. Bild
Wohnzimmer der Grimms

Trude, wie zuvor, am Telefon.

TRUDE *in den Hörer:* Wollen Sie herkommen und hier schlafen?

LUCIES STIMME Nein, nein, daran hab ich nicht gedacht. Aber könnte Ihr Mann nicht die Tür irgendwie aufkriegen?

TRUDE *sehr verwundert:* Mein Mann?

16. Bild
Telefonzelle

Lucie wie zuvor in der Zelle. Es regnet und regnet.

LUCIE *in den Hörer:* Sie müssen offen sagen, wenn ich etwas Unmögliches verlange ... Ich habe gedacht, er müßte das doch können? Oder?

TRUDES STIMME *zögernd:* Ja, ja, natürlich ...

17. Bild
Straße der Grimms

Es regnet wie verrückt. Als einziger Mensch weit und breit geht Grimm über die Straße, ein armer Hund mit Mütze und Mantel. Er hat einen Werkzeugkasten in der Hand. Er geht nicht etwa schnell, um sich vor dem Regen zu schützen; er geht müde und langsam, so als komme es jetzt auch nicht mehr darauf an. Er geht zu seinem Trabant, schließt auf, setzt sich hinein. Er läßt den Motor an, was nicht gleich beim ersten Versuch gelingt, dann fährt er los. Über alldem hören wir Grimms verschlafene Stimme:

GRIMMS STIMME So eine dämliche Kuh ... Als ob's keinen anderen Weg gibt, 'ne Tür aufzukriegen, als mich mitten in der Nacht durch die Stadt zu hetzen ... Und ich Pflaume laß mich auch hetzen ... Nachher drückt die mir noch 'n Trinkgeld in die Hand, was dann? ... Wenn sich über'n Westen irgendwas Gutes sagen läßt, dann sind's doch die Schlüsseldienste ...

18. Bild
Treppenflur der Steinheims

Trübes Licht. Lucie Steinheim und Grimm kommen die Treppe nach oben. Er hat den Werkzeugkasten bei sich. Wenn sie sprechen, geschieht es leise, denn sie wollen die anderen Mieter nicht stören. Beide sind durchgeweicht; die Schminke auf Lucies Gesicht ist verlaufen, und von ihrer vordem prächtigen Frisur ist wenig übriggeblieben. Als sie vor der Wohnungstür der Steinheims ankommen, setzt sich Lucie auf den Treppenabsatz und wartet auf Grimms Heldentaten. Wir sehen, daß sie leicht angetrunken ist. Grimm stellt den Kasten ab und nimmt seine nasse Mütze vom Kopf. Dann begutachtet er das Türschloß und fängt schließlich zu arbeiten an: Aus dem Kasten nimmt er eine Bohrmaschine, setzt einen Bohrer ein, steckt den Stecker der Maschine in eine Steckdose, die sich neben der Tür befindet, dicht über dem Boden. Er fängt zu bohren an, ein Loch über dem Schnapper und eins darunter. Nachdem die beiden Löcher gebohrt sind, nimmt er einen Schraubenzieher und sticht in eins der Löcher, in der vergeblichen Hoffnung, daß sich dann die Tür öffnet. Auch beim zweiten Loch hat er keinen Erfolg. Daraufhin nimmt er ein kleines Stemmeisen und setzt es in Schloßhöhe an. Das klappt – Grimm hebelt die Tür auf. Lucie betrachtet seine Bemühungen mit immer skeptischer werdenden Blicken. Die ganze Zeit über unterhalten sie sich.

LUCIE Sie müssen nicht denken, daß ich nicht weiß, wie unverschämt das von mir ist. Aber ich wußte wirklich nicht, was ich tun soll...

GRIMM *extrem übelgelaunt:* Mach ich doch gerne für Sie...

Oder:

LUCIE Ein Glück, daß ich wenigstens das Notizbuch mit Ihrer Telefonnummer bei mir hatte.

GRIMM *bitter* Ja, das war ein großes Glück...

Oder:

LUCIE Kann ich Ihnen vielleicht irgendwie helfen?

GRIMM Lassen Sie mal, ich bin gerade so schön in Fahrt...

Oder:

LUCIE Ich hoffe doch, wenn ich Ihnen schon die Nacht versaue, daß Sie wenigstens morgen ausschlafen können?

GRIMM Kann ich, Ihr Mann is ja verreist, mit einem von euch werd' ich schon fertig... *Und als er ihren irri-*

tierten Blick bemerkt: War nur 'n kleiner Scherz...
Oder:

GRIMM Warum haben Sie eigentlich keinen Schlosser angerufen?

LUCIE Ich verstehe nicht ganz?

GRIMM *der sich wundert, was es da nicht zu verstehen gibt:* Es gibt doch Schlüsseldienste?... Sie hätten doch 'n richtigen Schlosser anrufen können?

LUCIE *verblüfft:* Sind Sie denn kein Schlosser?

GRIMM Wie kommen Sie darauf? Ich kenne nich mal 'n Schlosser.

LUCIE *bestürzt:* O Gott, ist mir das peinlich... Ich hätte geschworen, daß Sie Schlosser sind...

GRIMM *der einen Moment beim Arbeiten innehält – seine Gedanken:* Die Frau is ja 'ne echte Katastrophe!...

LUCIE *weiter:* Verzeihen Sie, verzeihen Sie vielmals!... Hören Sie bitte sofort auf, das ist ja furchtbar!...

GRIMM Die Reue kommt zu spät – jetzt haben wir's... *Ein letzter Ruck mit dem Stemmeisen, und die Tür springt auf. Grimm betritt den dunklen Flur der Steinheimschen Wohnung.*

19. Bild
Flur in Steinheims Wohnung

Grimm findet den Lichtschalter nicht, doch Lucie, die ihm folgt, macht das Licht an. Grimm besieht sich den Schaden: Holz am Türrahmen ist gesplittert, und der

Rahmen des Schlosses ist verbogen. Und zwei Bohrlöcher verunzieren die Tür.

LUCIE Soll ich Ihnen schnell einen Kaffee kochen?
GRIMM Den hätte ich draußen brauchen können...
Lucie will die Tür zumachen, aber das geht nicht, das Schloß ist kaputt. Sie versucht es ein paarmal vergeblich.
LUCIE Die läßt sich ja nicht mehr zumachen?...
GRIMM *genervt vom sanften Vorwurf in ihrer Stimme:* Haben Sie erwartet, daß 'n aufgebrochenes Schloß genauso funktioniert, als wär's mit'm Schlüssel geöffnet worden?
Er tritt ins Treppenhaus und zieht das Kabel der Bohrmaschine aus der Steckdose.

20. Bild
Ostberliner Kneipe

Um diese Zeit sitzen nur noch ein paar vereinzelte Alkoholiker an den Tischen, vor Bier und Korn. An der Theke sitzt, den Kopf auf beide Arme gelegt, ein verwahrloster Mann auf dem Hocker und scheint zu schlafen. Die Wirtin, selbst Trinkerin, steht hinter dem Tresen und räumt oder spült in der Art der Wirtinnen. Grimm kommt herein, durchnäßt. Er bleibt nahe der Tür stehen, nimmt die Mütze vom Kopf und schüttelt das Wasser ab. Das spritzt derart, daß einer der Gäste etwas abbekommt und ärgerlich zu Grimm sieht. Doch der merkt nichts. Grimm setzt sich an die Theke. Er sieht auf den Mann neben sich.

WIRTIN *zu Grimm:* So spät noch unterwegs?
GRIMM Beruflich.
WIRTIN 'n Bierchen?
Grimm nickt, und die Wirtin beginnt mit der Arbeit des Zapfens. Zwischendurch nimmt sie immer mal wieder einen Schluck aus einem eigenen Bierglas.
WIRTIN 's Wetter is zum Knutschen, was?
GRIMM Aber wirklich...
WIRTIN Und nichts zum Bier dazu?
GRIMM Vielleicht 'n Klaren.
WIRTIN Einfach?
GRIMM Doppelt.
WIRTIN Sag ich doch... *Sie gießt ein Glas Korn randvoll, das stellt sie vor Grimm hin.*
GRIMM Wo is'n hier 'n Klo?
Die Wirtin zeigt mit dem Finger auf eine Tür im hinteren Teil des Raumes. Grimm geht hin und verschwindet. Der Mann auf dem Nachbarstuhl hebt den Kopf von den Armen, sieht das volle Schnapsglas und streckt sofort die Hand danach aus. Aber die Wirtin schlägt ihm auf die Finger.
WIRTIN *entrüstet:* Ich seh doch wohl nich richtig!...
Der Mann, der Roth heißt und in früheren Zeiten Professor gewesen sein könnte, zieht die Hand zurück. Jetzt sitzt er aufrecht. Die Wirtin sieht ihn an und schüttelt noch einmal streng den Kopf; dann zapft sie weiter an Grimms Bier.
ROTH Geben Sie mir auch so einen...
Er zeigt auf den Schnaps. Die Wirtin reibt Daumen und Zeigefinger aneinander, offenbar will sie zuerst Geld sehen. Roth fängt an, in seinen Taschen zu suchen. Er tut das ziemlich lange, über den folgen-

den Dialog hinweg, findet aber nichts.

ROTH Warum schreiben Sie eigentlich nichts an? Wäre das nicht für alle das einfachste?

WIRTIN Für alle?

ROTH Sie sollten nicht nur auf Ihren kleinen persönlichen Vorteil achten...

WIRTIN Sondern vor allem auf Ihren?

ROTH Sie müssen auch das volkswirtschaftliche Ganze sehen...

WIRTIN Hören Sie auf zu suchen, da is volkswirtschaftlich nix zu holen. Sie machen einen ja ganz kribblig!

ROTH *doziert weiter:* Sie bezahlen doch auch nicht alles in bar? Oder?... Sie kaufen doch auch Waren auf Kredit?

WIRTIN Was geht Sie das an?

ROTH Überhaupt nichts. Ich versuche nur, Ihnen zu erklären, daß unsere Volkswirtschaft sich nie erholen wird, wenn alle nur dann einkaufen, wenn sie Geld in der Tasche haben. Diese Vorstellung ist geradezu kindisch... *Mit einer heftigen Bewegung zieht er die Hand aus der Tasche, die Suche ist beendet.* Nun geben Sie mir schon einen Schnaps!... *Die Wirtin schüttelt den Kopf. Dann stellt sie das fertiggezapfte Bier auf Grimms Platz, neben den Klaren.* Genau daran ist auch die DDR eingegangen...

GRIMM Woran?

Er ist plötzlich wieder da, er setzt sich wieder auf seinen Hocker.

ROTH An ihrem ökonomischen Unverstand. An ihrer idiotischen Angewohnheit, immer nur die sichtbaren Löcher zu stopfen und am wirklich Wichtigen zu sparen.

GRIMM Zum Beispiel?

WIRTIN Am Saufen.

Roth sieht sie mitleidig an.

ROTH *zur Wirtin, milde:* Was verstehen Sie schon von Notwendigkeiten ...

GRIMM *zu Roth:* Darf ich Sie zu diesem Schnaps einladen? *Er schiebt den Klaren zu Roth hin.*

ROTH Tausend Dank – Sie haben einen Blick dafür, worauf's ankommt ...

Er sieht triumphierend zur Wirtin. Dann nimmt er das Glas und riecht genießerisch daran. Grimm zeigt der Wirtin, daß er einen anderen Schnaps haben möchte.

GRIMM Woran is die DDR verschieden?

ROTH Daran, daß sie immer am falschen Ende gespart hat. Zum Beispiel hat sie ihre gesamte Infrastruktur von den Nazis übernommen und nie was daran geändert. Man sagt, eine Infrastruktur hält etwa vierzig Jahre. Und genauso lange hat auch die DDR gehalten ...

Die Wirtin stellt einen frischen Klaren vor Grimm hin, Grimm nimmt das Glas.

GRIMM So'ne glasklare, überzeugende Erklärung hört man selten. Muß ich schon sagen ... *Es sollte nicht zu erkennen sein, ob er das ernst meint oder einen Witz über den Mann machen will.* Prost! *Er stößt mit Roth an, sie trinken.*

21. Bild
In Grimms Trabant

Es gießt noch immer, der Scheibenwischer schafft das viele Wasser kaum. Die Fahrt geht durch das nächtliche Ostberlin, das nachts verdammt dunkel ist. Grimm am Steuer ist nicht ganz nüchtern.

GRIMM *vor sich hin:* Muß ich mir merken... Vierzig Jahre Infrastruktur, vierzig Jahre DDR...
Durch die Frontscheibe ist gerade so zu erkennen, daß er rechts um eine Ecke biegt. Gleich darauf wird er von einem Funkwagen überholt, an dessen Rückseite eine rote Schrift zu blinken anfängt: STOP!

GRIMM Scheiße!... Mit dieser Karre könnte ich nich mal abhauen, wenn die im Rollstuhl wären!...

22. Bild
Leere Straße in Ostberlin

Aus einiger Entfernung sehen wir, wie der Funkwagen am Straßenrand hält und dahinter der Trabant Grimms. Ein Polizist steigt aus, Grimm steigt aus, einen Augenblick reden sie miteinander. Dann steigt Grimm, gefolgt von dem Polizisten, in den Funkwagen. Nach einem Schnitt sehen wir durch die Scheibe des Funkwagens, wie Grimm in ein Röhrchen bläst – Alkoholtest. Und nach einem weiteren Schnitt: Grimm macht das Licht an seinem Auto aus und schließt es ab. Im nicht nachlassenden Regen entfernt er sich und verschwindet langsam in der Dunkelheit, ein Bild absoluten Jammers.

23. Bild
Schlafzimmer der Grimms

Das Deckenlicht brennt. Trude sitzt im Bett, mehr schlafend als wach. Sie muß sich Grimms Erlebnisbericht anhören. Viel lieber würde sie weiterschlafen, das sieht ein Blinder, nur Grimm sieht es nicht. Er zieht sich aus. Seine Schuhe und klatschnassen Sachen liegen auf einem Haufen, um den herum der Teppichboden allmählich einen feuchten Fleck bildet.

GRIMM Wenn diese Bergziege mich nich für 'n Schlosser gehalten hätte, wär das alles nich passiert... Wie kommt die dazu, mich für'n Schlosser zu halten!... Und du hast auch 'ne Aktie dran, meine Liebe: Statt ihr am Telefon zu sagen – Sind Sie bescheuert, rufen Sie gefälligst 'n Schlüsseldienst an, oder ziehen Sie ins Hotel, oder scheren Sie sich zum Teufel! – was sagst du?... Ja, ja, mein Mann macht das schon... Vielleicht hat sie auch gar nichts verwechselt, vielleicht war's eiskalte Berechnung. Vielleicht wollte sie bloß die hundert oder zweihundert Mark sparen, die sie den Jungs vom Schlüsseldienst hätte hinblättern müssen?... Wenn das so is – und wahrscheinlich is es so – hat sie sich ganz schön angeschissen. Jetzt muß sie die Tür und das Schloß reparieren lassen – was meinst du, wie die aussehen! – und ich laß mich hängen, wenn das billiger wird. Und das gönn ich ihr...
Er ist mit dem Ausziehen fertig, bettfertig. Er hat seine Nachttischlampe angemacht, das Deckenlicht ausgemacht, und legt sich hin.

GRIMM Weißt du, warum ich den Führerschein wirklich losgeworden bin?

TRUDE *mit letzter Kraft:* Bitte erzähl's mir...

GRIMM Nich etwa, weil ich auf den Ärger einen getrunken habe, sondern weil ich 'n Ostler bin!...

TRUDE *die nichts versteht und überhaupt nicht zuhört:* Is doch logisch.

GRIMM *fährt fort:* Ich war nich blau, ich bin völlig normal gefahren – ich bin den Bullen nur deshalb aufgefallen, weil ich bei Rot rechts um die Ecke gebogen bin!... Weil an der Kreuzung nämlich immer 'n grüner Pfeil war! Und plötzlich isser nich mehr da!... Wie soll ich'n das wissen?!... 'nem Westler kann so was nich passieren, die können alles genau so weitermachen, wie sie's gewohnt sind. Nur für uns hat sich alles geändert, nur wir müssen rund um die Uhr aufpassen wie die Schießhunde!... *Endlich macht er das Licht aus.*

GRIMMS STIMME Soll ich dir sagen, wohin die sich meinen Führerschein stecken können?

TRUDES STIMME *unsagbar müde:* An den Hut?

GRIMMS STIMME: In den Arsch...

24. Bild
Küche der Grimms

Blauhorn steht am Küchenherd, bei einer Pfanne mit Bratkartoffeln. Immer mal wieder muß er umrühren. Trude sitzt am Küchentisch und schneidet Obst für einen Obstsalat. Sie unterhalten sich in gemächlichem Tempo.

BLAUHORN Wollte der Dichter nich heute zurückkommen?

TRUDE Morgen ... Fehlt er dir?

BLAUHORN Mir sowieso nich. Ich bin damit fertig.

TRUDE Willst du denn ewig weiterstreiken?

BLAUHORN Ich streike nich mehr. Die Sache is für mich erledigt. Ich mach einfach nich mehr mit.

TRUDE Hast du das Benno gesagt?

BLAUHORN Wozu? ... Meinetwegen könnte er jetzt kommen und das ganze Geld hier auf'n Tisch legen – ich wollt's nich mehr haben.

TRUDE Die Gefahr is nich groß.

BLAUHORN Das weiß ich ... Schläft der noch?

Trude nickt. Blauhorn sieht auf die Küchenuhr, die zwei zeigt.

BLAUHORN Is er krank?

Trude schüttelt den Kopf.

TRUDE Aber er hat 'ne harte Nacht hinter sich ... Er war mit dem Auto unterwegs und is'n Führerschein losgeworden ...

Blauhorn sieht kurz zu ihr, und der Hauch eines Lächelns verschönert sein Gesicht.

BLAUHORN Mein Gott, tut mir das leid! ...

TRUDE Sei nich so schadenfroh ... In einer Familie muß es auch so was wie Mitgefühl geben.

BLAUHORN Das mußt du mir nich sagen ... *Und nach ein paar Sekunden:* Wie isses passiert?

TRUDE Er is bei Rot rechts um 'ne Ecke gefahren.

BLAUHORN *verwundert:* Darf man das nich mehr?

TRUDE Offenbar nich ...

BLAUHORN Alles verbieten sie einem. Aber auch alles ... Und dafür wird man gleich den Führerschein los?

TRUDE Ich war nich dabei. Er hatte wohl auch 'n paar getrunken ...

BLAUHORN Da kommen wir der Sache wahrscheinlich näher ...

Grimm kommt in die Küche, im Bademantel. Sobald er auftaucht, wendet Blauhorn der Küche den Rükken zu. Grimm stellt sich neben Trude, aber eigentlich kommt er wegen Blauhorn.

TRUDE Ausgeschlafen?

GRIMM Einigermaßen ...

Er nascht von dem geschnittenen Obst. Blauhorn macht das Gas unter der Pfanne aus.

BLAUHORN Die Bratkartoffeln sind fertig. *Er wendet sich zur Tür und will die Küche verlassen.*

GRIMM Warte mal 'n Augenblick ...

BLAUHORN *so abweisend er kann:* Was is?

GRIMM Ich möchte mit dir reden.

BLAUHORN Aber ich nich mir dir ...

GRIMM Eigentlich will ich dir nur was geben ...

Er hat einen Scheck aus der Bademanteltasche gezogen und wedelt damit herum. Blauhorn, der schon wieder gehen wollte, verfolgt die Kurven des Schecks mit kleinen Augen. Trude hat nur kurz den Kopf vom Obstschälen gehoben, aber nichts erkannt, Grimm ist hinter ihr.

TRUDE Was is das? Womit wedelst du in der Luft rum?

GRIMM Frag Herrn Blauhorn. Der hat's sofort erkannt. Der hat'n Blick für so was.

TRUDE *zu Blauhorn:* Was is es?

Blauhorn steht noch an der Tür.

BLAUHORN 'n Scheck. Wahrscheinlich denkt er, er kann mich für zwanzig Mark kaufen.

GRIMM *zu Blauhorn:* Wenn du wissen willst, wie hoch er is, mußt du dich schon herbemühen...

Blauhorn kommt näher, er kann einfach nicht anders. Grimm hält ihm den Scheck in Augenhöhe hin, und Blauhorn liest. Die Zahl, die dort steht, scheint ihn zu beeindrucken.

GRIMM Der is für dich... Und unterschrieben is er auch...

Blauhorn greift nach dem Scheck, vorsichtig, offenbar darauf gefaßt, daß Grimm ihn wieder wegzieht. Doch nichts passiert, Blauhorn nimmt den Scheck.

GRIMM Okay?

BLAUHORN Auf'n ersten Blick ja.

GRIMM *schon wieder gereizt:* Denkst du, der is nich gedeckt?...

Blauhorn faltet den Scheck zusammen und steckt ihn ein.

BLAUHORN Möglich is alles.

GRIMM *zu Trude:* Also, wenn ich die Wahrheit sagen soll – ich hätte gewettet, daß er danke sagt.

BLAUHORN Danke. *Er verläßt die Küche.*

GRIMM Er is wunderbar. Er is einfach wunderbar.

5. Bild
Hotelhalle

Wir sind in der Halle eines großen, teuren Hotels; und zwar in einem Teil der Halle, in dem bequeme Sessel und ein paar Tischchen stehen und Snacks oder Drinks serviert werden. Theo sitzt an einem dieser Tischchen und trinkt Mineralwasser. Er sieht einer hübschen Frau hinterher. Am Nachbartisch steht ein junger Mann auf, nimmt sein Teeglas, geht damit zu Theo und bleibt vor ihm stehen. Theo bemerkt ihn zuerst nicht.

JUNGER MANN Wo hab' ich'n dich schon mal gesehen?
Theo sieht zu ihm. Sie sind etwa gleichaltrig.

THEO Vielleicht im Ferienlager der jungen Pioniere?

JUNGER MANN *verwundert:* Wo?

THEO Am Werbellinsee?

JUNGER MANN *ernsthaft:* War ich nie.

THEO Dann weiß ich's nich.

JUNGER MANN *nach kurzem Nachdenken:* Aber ich: Du bist bei »Body and Soul«, stimmt's?«

THEO Du auch? *Der junge Mann nickt.* Nimm Platz, Kollege... *Der junge Mann setzt sich.* Wartest du auch auf deine Besitzer?

JUNGER MANN Denkst du, ich wohne hier?

THEO Amis?

JUNGER MANN Araber.

THEO Du kannst Arabisch?

JUNGER MANN Französisch... Auch Italienisch, aber das is noch nie zum Tragen gekommen.

THEO Wie bei mir Russisch.

JUNGER MANN Woher sollten Russen das Geld nehmen, dich zu mieten?

THEO Das möchte ich auch mal wissen... Seit der Schule liegt das ungenutzt rum. Ich glaube, wenn mich irgendwelche Russen ein einziges Mal bestellen würden, ich würde's umsonst tun.

JUNGER MANN *verdreht eine alte Losung:* Von der Sowjetunion lernen heißt untergehen lernen...

Theo verzieht über den Witz kaum den Mund.

JUNGER MANN Wie lange bist du schon dabei?

THEO Bei »Body and Soul« ... Seit zehn Tagen.

JUNGER MANN Und wie lange willst du's machen?

THEO Bis ich was Besseres finde.

JUNGER MANN Also lange.

Theo trinkt.

THEO Mußtest du schon mal richtig zufassen?

JUNGER MANN Was meinst du mit zufassen?

Theo boxt mit seiner rechten Faust in die linke Handfläche.

JUNGER MANN Du meinst, ob meine Ausländer schon mal angemacht worden sind? ...

Theo nickt.

JUNGER MANN 'n paarmal.

THEO Und?

Der junge Mann zeigt Theo unter dem Tisch eine Pistole und steckt sie dann wieder in die Tasche.

JUNGER MANN Hast du so was nich?

Theo schüttelt den Kopf.

JUNGER MANN Würde ich mir an deiner Stelle zulegen. So kräftig bist du auch nich ... Und statistisch gesehen bist du alle vier Wochen ein Mal fällig.

THEO Das ist Gas? *Er zeigt auf die Tasche, in der die Pistole verschwunden ist.*

JUNGER MANN *geheimnisvoll:* Wer weiß ...

THEO *irritiert:* Darf man das denn?

JUNGER MANN *grinst:* Spätestens jetzt hätte ich gemerkt, daß du aus'm Osten bist ... *Er steht auf und gibt mit der Hand ein Zeichen, daß er kommt. In der Halle stehen zwei arabische Touristen, zwei bärtige Herren in Anzügen und mit Kameras, und sehen zu ihm.*

JUNGER MANN Du kriegst doch zwanzig Mark die Stunde?

THEO Ja.

JUNGER MANN Lern Japanisch, dann kriegst du fünfundzwanzig.

THEO Wieso das?

JUNGER MANN Andauernd rufen Japse an und wollen einen von uns mieten. Aber keine Sau kann Japanisch. *Er entfernt sich zu seinen arabischen Herren.*

THEO Ich fang sofort damit an...

26. Bild
Keller der Grimms

Eine große Wand des Kellers wird von einem Regal bedeckt, das gefüllt ist mit Anker-Steinbaukästen. Grimm und Steinheim stehen davor. Grimm hat die Arme vorgestreckt, zwei Kästen liegen schon darauf, und er sucht noch weitere aus dem geordneten Regal, die er obenauf legt.

STEINHEIM Wie lange sammeln Sie diese Kästen schon?

GRIMM So lange, wie ich Trude kenne. Oder etwas länger. *Er wählt einen neuen Kasten aus.*

STEINHEIM Was für ein Bauwerk ist heute dran?

GRIMM Weiß ich noch nich. Man muß jeden Kasten mal rannehmen. Sonst nimmt er's einem übel...

27. Bild
Wohnzimmer der Grimms

Grimm baut an einem halbfertigen Landhaus.

GRIMM Sie können schon mal die Steine für die Grundstücksmauer raussuchen ... Kasten zwölf C ...
Steinheim öffnet einen der Holzkästen, die buntbedruckte Deckel haben, und nimmt Steine und Teile heraus. Blauhorn kommt herein, mit einem Tablett; darauf eine Teekanne, zwei Tassen, Zucker und eine Schale mit Gebäck.

BLAUHORN Ich hab' gedacht, die Herren können bei ihrer schweren Arbeit vielleicht 'ne Erfrischung brauchen ...
Er stellt das Tablett auf dem großen Eßtisch ab. Steinheim sieht verblüfft zu Grimm, der gleichmütig weiter baut.

STEINHEIM *zu Blauhorn:* Das ist sehr aufmerksam von Ihnen.

BLAUHORN Und wenn noch irgendwas gewünscht wird – ich bin in meinem Zimmer ... *Er geht wieder, nachdem er Steinheim freundlich zugenickt hat. Der kann das kaum glauben.*

STEINHEIM *als die Tür wieder geschlossen ist:* Was ist passiert? So zuvorkommend habe ich Ihren Schwiegervater noch nie gesehen.

GRIMM Für Geld kann der viel. Sogar zuvorkommend sein.

STEINHEIM Heißt das, er hat seinen Streik erfolgreich zu Ende gebracht?

GRIMM *nach wie vor bauend:* Wenn Sie's so nennen

wollen ... Ich hatte nie die Absicht, ihm das Geld vorzuenthalten ... Der ganze sogenannte Streik war 'ne überflüssige Kinderei.

STEINHEIM Jedenfalls wird einem richtig warm ums Herz, wenn man Herrn Blauhorn so freundlich erlebt.

GRIMM Weil's so ungewohnt is ...

Steinheim geht zum Tisch mit dem Tablett. Er nimmt eine Tasse.

STEINHEIM Möchten Sie auch?

GRIMM Jetz nich, danke.

Steinheim gießt sich Tee ein.

GRIMM Sagen Sie mal – was ganz anderes ...

STEINHEIM Ja?

GRIMM Könnten Sie sich vorstellen, daß die Filmfirma von Herrn Meister die Kosten übernimmt, wenn ich Sie in eine Bar einlade?

STEINHEIM *sehr verwundert:* In eine Bar?

GRIMM Ich hab' von 'ner Bar gehört, die dürfte Sie interessieren. Ich meine, beruflich ... Das heißt, ich würde Sie ja dann nich einladen, wenn Herr Meister den Spaß bezahlt, sondern bloß hinführen.

STEINHEIM Ich denke schon, daß sich das machen ließe. Ich glaube sogar, daß wir ihn gar nicht fragen müssen – wir teilen es ihm einfach mit.

GRIMM Wenn Sie meinen ...

STEINHEIM Was ist das für eine Bar?

GRIMM Ich war noch nie dort. Aber wenn's stimmt, was ich gehört habe, handelt es sich um so was wie 's siebente Weltwunder. Ich meine – vereinigungstechnisch gesehen ...

Trude kommt herein, in sichtlicher Eile. Sie kämmt

sich mit einer Bürste. In der geöffneten Tür bleibt sie stehen.

TRUDE *zu Grimm:* Was is denn jetzt los? ... *Zu Steinheim:* Guten Tag ... *Zu Grimm:* Wieso bist du nich fertig? Ich beeil mich wie 'ne Blöde aus der Schule, und du stehst hier rum und baust Häuschen! ...

Grimm sendet einen Blick zu Steinheim, der vielsagend sein soll.

TRUDE Hast du vergessen, daß wir bei Elli eingeladen sind?

GRIMM Nein.

TRUDE Aber?

GRIMM Ich komm nich mit.

TRUDE Was soll 'n das schon wieder? ... Wir haben zugesagt? ... Du hast absolut freiwillig erklärt, daß du ...

GRIMM *unterbricht sie:* Ich hab's mir anders überlegt. Ich hab' keine Lust.

Trude sieht ihn ein paar Sekunden stumm an, wie er so baut. Dann:

TRUDE *zu Steinheim:* Haben S i e nich Lust, mitzukommen?

STEINHEIM Ich weiß zwar nicht, worum es geht – aber gerne.

TRUDE Elli Liebold is 'ne Freundin von mir. Die hübsche Frau, der Sie neulich die Tür aufgemacht haben ... *Steinheim nickt, er erinnert sich genau.* Und es handelt sich um 'ne Familienzusammenkunft, bei der es garantiert Krach geben soll.

STEINHEIM H e r z l i c h gerne.

GRIMM Sie können wohl nie genug vom Ostleben kriegen?

STEINHEIM Nie.
GRIMM Mir geht's da völlig anders...

28. Bild
In Steinheims Auto

Steinheim am Steuer, neben ihm Trude. Sie hält einen Blumenstrauß auf den Knien. Man fährt durch Ostberlin.

TRUDE Wenn ich so sagen darf – Elli is meine Herzensfreundin...

STEINHEIM Eine Kollegin?

TRUDE Nächste Ampel links. Nein, wir haben uns auf'm Gerichtsflur kennengerlernt. Ich *wollte* mich scheiden lassen, und sie *hat* sich scheiden lassen...

STEINHEIM *verblüfft:* Sie wollten sich scheiden lassen?

TRUDE Kommt Ihnen das so abwegig vor, wenn man mit Benno verheiratet is?
Darauf kann Steinheim natürlich nicht antworten.

STEINHEIM Wann war das?

TRUDE Vor sechzehn Jahren. Vergessen Sie's bitte wieder – ich hab Benno versprochen, es auch zu vergessen...
Steinheim sieht sie kurz von der Seite an und muß über irgend etwas lächeln.

TRUDE Inzwischen is sie viermal geschieden. Aber groß weitergebracht hat sie das auch nich...

STEINHEIM Hat sie heute Geburtstag? *Er deutet auf die Blumen.*

TRUDE Nein. ’n Bruder aus Nürnberg kommt zu Besuch ... ’n netter Mann, ich kenne ihn schon ewig. Zu Mauerzeiten hat er sie alle paar Monate besucht. Und war immer nobel, da gibt’s nichts – der hat sich nie lumpen lassen ...

STEINHEIM In welcher Beziehung? Hat er viel mitgebracht?

TRUDE Und zwar nich bloß Schokolade und Waschpulver. Sondern richtig teures Zeug. Wenn alle so ’n Bruder im Westen gehabt hätten, würde ’s die DDR heute noch geben. Nächste rechts ...

STEINHEIM Was ist er von Beruf?

TRUDE Filialleiter im Supermarkt.

STEINHEIM Und die verdienen so viel?

TRUDE Da dürfen Sie mich nich fragen ...

29. Bild
Wohnung von Elli Liebold

Vor der Kamera öffnet sich die Wohnungstür. Wir sehen Elli Liebolds Gesicht, auf dem Schminke verlaufen ist; offenbar hat sie kurz vorher geheult. Auch ihre tragische Stimme deutet darauf hin.

ELLI LIEBOLD *leise, ohne alle Freude:* Schön, daß ihr da seid. Danke ... *Sie nimmt die Blumen entgegen.* Das is doch gar nich dein Mann? ... *Sie wendet sich ab, wie um ihr Gesicht nicht länger herzeigen zu müssen.*

Dann sind wir in einem Wohnzimmer. Ein Stuhl ist

umgeworfen. Auf dem Eßtisch Kuchenreste, fünf benutzte Teller und zwei unbenutzte, Besteck, Kaffeekanne, eine offene Büchse Dosenmilch, verschütteter Zucker, Gläser, zwei leere Saftflaschen, ein voller Aschenbecher. Elli Liebold kommt als erste herein; sie macht eine einladende Geste zum Tisch hin.

ELLI LIEBOLD Bedient euch...

Trude und Steinheim sehen sich an. Trude hebt die Schultern und verzieht einen Augenblick lang das Gesicht wie jemand, der nichts versteht. Elli setzt sich an den Tisch, ohne die beiden anzusehen.

ELLI LIEBOLD Soll ich frischen Kaffee machen, oder nehmt ihr auch lauwarmen?

TRUDE Sag mal – was is 'n los?... Wo is deine ganze Sippschaft?

Eine kleine Pause, dann springt Elli auf und rennt hinaus, denn sie muß schon wieder heulen.

TRUDE Der Krach, den sie uns versprochen hat, scheint schon vorbei zu sein... *Sie setzt sich an den Tisch, hebt den Deckel von der Kaffeekanne, sieht hinein, dann gießt sie sich Kaffee ein.* Möchten Sie auch? Is eiskalt. *Steinheim schüttelt den Kopf. Er hebt den umgestürzten Stuhl auf, dann setzt er sich auch. Er blickt sich im Zimmer um.*

TRUDE Eigentlich is sie 'n ziemlich widerstandsfähiges Mädchen. Hier muß ganz schön was los gewesen sein...

STEINHEIM Mit dem netten Bruder aus Nürnberg?

TRUDE Vermutlich...

Sie steckt sich ein Stück Kuchen in den Mund. Elli kehrt zurück, jetzt gefaßter.

ELLI LIEBOLD Entschuldigung. Das sind so seelische Turbulenzen ... *Sie lächelt flüchtig.*

STEINHEIM *verständnisvoll:* Ich bitte Sie ...

Elli zündet sich eine Zigarette an.

TRUDE Benno hatte plötzlich keine Lust, du weißt ja, wie er is. Da habe ich Herrn Steinheim gebeten, mitzukommen. Is dir doch recht?

ELLI LIEBOLD Na klar ...

Wieder lächelt sie Steinheim zu, doch man hat den Eindruck, daß sie ihn überhaupt nicht wahrnimmt.

TRUDE Is dein Bruder schon weg?

Elli nickt.

ELLI LIEBOLD Mit Frau und beiden Kindern.

TRUDE War was?

ELLI LIEBOLD Ich hab' dir doch angekündigt, daß es Zoff gibt? ... Allerdings hab' ich's mir nich ganz so kraß vorgestellt.

TRUDE *ungeduldig:* Mein Gott, jetzt erzähl doch endlich mal! ...

ELLI LIEBOLD *zu Steinheim:* Kennen Sie einen guten, billigen Anwalt?

STEINHEIM Ich kenne ein paar Anwälte. Aber billig sind die alle nicht. Und ob sie gut sind, darüber gibt es die verschiedensten Ansichten. Was für einen Anwalt brauchen Sie?

Elli raucht und scheint über etwas nachzudenken.

TRUDE *ungehalten:* Wenn du nich auf der Stelle anfängst zu erzählen, was passiert is, nehm ich meinen Herrn Steinheim und gehe. Das is ja nervenzerfetzend.

Diese Drohung scheint zu wirken: Übergangslos beginnt Elli, ihre Geschichte zu erzählen.

ELLI LIEBOLD *zu Trude:* Du erinnerst dich, daß vor zehn Jahren mein Onkel Julius gestorben is? …

Trude nickt.

ELLI LIEBOLD *erklärt Steinheim:* Er lebte in Franken, wir hatten so gut wie keine Beziehung … Deswegen war ich sehr verwundert, als ich erfuhr, daß ich und Helmut seine einzigen Erben waren. Aber es gab einfach keine anderen …

TRUDE *zu Elli, beinah entrüstet:* Und das erfahr ich jetzt erst?! … *Sie erklärt Steinheim:* Helmut is Ellis Bruder, den wir heute hier erwartet haben …

STEINHEIM *zum Beweis, daß er sich auskennt:* Der Großzügige aus Nürnberg.

ELLI LIEBOLD Gleich werden Sie hören, wie großzügig er is … *Sie erzählt weiter, abwechselnd an beide, doch vor allem an Trude gerichtet:* Damals kam Helmut zu mir und machte den Vorschlag, daß ich die Erbschaft ausschlagen, also ihn zum Alleinerben machen sollte …

TRUDE *dazwischen:* Irrsinnig guter Vorschlag!

ELLI LIEBOLD *achtet nicht darauf:* Seine Begründung klang sehr vernünftig. Onkel Julius vererbte an jeden von uns zweien etwa hunderttausend Mark, und wenn ich die Erbschaft annehme, sagte Helmut, geht mein Geld auf ein Sperrkonto. Von dem darf ich, wenn überhaupt, jedes Jahr nur 'n paar hundert Mark abheben …

TRUDE Wieso hast du mir nie was davon erzählt?

ELLI LIEBOLD Hast du mir alles erzählt? …

Sie holt, während sie weiterspricht, eine Flasche Likör und drei Gläser. In der Folgezeit trinken sie und Trude ein oder zwei Gläschen, Steinheim nicht.

ELLI LIEBOLD Wenn ich ausschlage, sagte Helmut, erbt er logischerweise auch meinen Anteil, und er kann mir davon kaufen und herbringen, was immer ich mir wünsche. Bis zum letzten Pfennig...

TRUDE Deswegen war der immer so spendabel!...

ELLI LIEBOLD Ich hatte zwar keinen Grund, Helmut zu mißtrauen, aber sicherheitshalber hab' ich mich trotzdem erkundigt. Es stimmte, was er sagte: Es gab tatsächlich 'ne Bestimmung, wonach im Falle einer Westerbschaft das ganze Geld auf'n Konto bei der DDR-Staatsbank eingezahlt werden mußte und ich jeden Monat nur 'ne kleine Summe hätte abheben dürfen. Und die wär mir nich mal in Westmark ausgezahlt worden, sondern in diesen dämlichen Intershop-Schecks...

TRUDE Also?...

ELLI LIEBOLD Er is mit einem West-Notar zu mir nach Ostberlin gekommen, der als Tourist eingereist war. Ich hab' in seiner Gegenwart 'ne Erklärung unterschrieben, wonach ich die Erbschaft meines Onkels Julius ohne Wenn und Aber ausschlage...

Sie zündet sich eine zweite Zigarette an. Steinheim gibt ihr Feuer.

TRUDE Und wo war der Haken?

Elli nickt ihr bedeutungsvoll zu, als wollte sie Trudes Verdacht bestätigen.

ELLI LIEBOLD Die Wiedervereinigung war das entsetzlichste, was Helmut passieren konnte... Was glaubst du, was ich vor 'n paar Tagen rausgekriegt habe?

TRUDE *mitfiebernd, ängstlich:* Ich weiß es nich, aber mir is schon ganz schlecht.

ELLI LIEBOLD Helmut hat mich von vorne bis hinten belogen. Denn Onkel Julius hatte uns nich zweimal hunderttausend Mark vererbt, sondern zwei Supermärkte ... Davon hatte ich nich die Spur einer Ahnung.

TRUDE *erschüttert:* Is ja nich zu fassen! ...

STEINHEIM Und über all das haben Sie heute zum erstenmal mit Ihrem Bruder gesprochen?

Elli nickt.

TRUDE Is er nich vor Scham gestorben?

ELLI LIEBOLD Absolut nich. Er sagt, ich hätte damals sowieso nichts von den Supermärkten gehabt. Für mich wär's so besser gewesen.

TRUDE Und damit hält er die Sache für erledigt?

ELLI LIEBOLD Er will mir noch etwas Geld geben. Aber er sagt, viel kann's nich sein, die Supermärkte seien damals ziemlich runtergewirtschaftet gewesen. Erst er hätte was draus gemacht.

TRUDE Darauf du?

ELLI LIEBOLD Ich hab' ihn rausgeschmissen ...

TRUDE Das war alles?

ELLI LIEBOLD ... und ihm gesagt, daß er nächstens 'n eingeschriebenen Brief von meinem Anwalt kriegt.

TRUDE *ergänzt:* Den wir auf der Stelle für dich suchen müssen.

STEINHEIM Hat denn der Notar, mit dem Ihr Bruder damals kam, *auch* gesagt, daß es sich bei der Erbschaft nur um Bargeld handelt?

ELLI LIEBOLD Der hat dazu gar nichts gesagt. Worauf ich im einzelnen verzichte, davon war in der Erklärung keine Rede.

Jetzt gießt sich auch Steinheim einen Likör ein.

STEINHEIM *zu Elli:* Ich will mich nicht in Ihre Angelegenheit einmischen ...

TRUDE Versuchen Sie's doch mal.

STEINHEIM Aber warum sollte nicht auch mal in umgekehrter Richtung der Grundsatz »Rückgabe vor Entschädigung« gelten?

ELLI LIEBOLD Genau das frag ich mich auch ...

Steinheim trinkt den Likör, aber der scheint entsetzlich zu schmecken.

30. Bild
Blauhorns Zimmer

Blauhorn sitzt im Schein einer Stehlampe, mit einer Brille auf der Nase, und näht. Es klopft.

BLAUHORN Ja?

Grimm kommt herein, in Unterwäsche.

GRIMM Könntest du mir 'ne Krawatte borgen? ... Meine beiden sind bekleckert.

BLAUHORN Find ich toll, daß du anklopfst.

GRIMM *unterdrückt seine Ungeduld:* Soll ich meine Bitte noch mal vortragen?

BLAUHORN Du weißt ja, wo sie sind ... *Er näht.*

Grimm geht zum Kleiderschrank. Er sieht neben dem Schrank das Pappschild lehnen, das wir schon kennen: Dieses Zimmer wird bestreikt.

GRIMM *deutet auf das Schild:* Hat das jetzt nich ausgedient? Oder is 'n neuer Arbeitskampf geplant?

Blauhorn sieht kurz hin.

BLAUHORN Im Moment nich. Aber man weiß nie, ob man so was nich mal wieder brauchen kann. *Näht weiter.*

GRIMM Da hast du recht... *Er öffnet den Kleiderschrank; innen an der Tür, über einer Leiste, hängen ein paar altmodische Krawatten.*

GRIMM Welche willst du heute umbinden?

BLAUHORN Muß ich wirklich mitkommen? *Er klingt wie jemand, der sich bitten lassen möchte.*

GRIMM Du mußt nich. Aber wir würden uns alle freuen. Steinheim, deine Tochter, und ich ganz besonders. *Obwohl der Satz vollkommen normal gesprochen ist, kann Blauhorn ihn nicht glauben. Er sieht Grimm dementsprechend an.*

BLAUHORN Wird Steinheims Frau auch dabeisein?

GRIMM Das nehm ich stark an.

BLAUHORN Die hab' ich noch nie gesehen.

GRIMM Dann mußt du mitkommen. Sie is so furchtbar – ihr werdet euch bestimmt gut verstehen.

BLAUHORN *gleichmütig:* In Ordnung – wenn du mich so nett bittest, komm ich mit. Ich nehm die blaue ganz links...

Grimm prüft die übrigen drei oder vier Krawatten.

31. Bild
Arbeitszimmer Steinheims

Lucie sitzt auf Steinheims Schreibtisch, neben dem Computer, im Unterrock, und lackiert sich die Zehennägel. Steinheim steht mitten im Zimmer, in Boxershorts, und macht Kraftübungen mit zwei Hanteln. Dementsprechend sind beide behindert beim Sprechen: Lucie kann es nur abgelenkt tun, konzentriert auf ihre Füße, und Steinheim nur abgehackt und gepreßt, an den Grenzen seiner Kraft.

LUCIE Interessiert's dich, wie mir dein Herr Grimm gefällt?

STEINHEIM Brennend...

LUCIE Ich finde ihn zum Küssen... Nett, unbeholfen, etwas langsam im Kopf, hilfsbereit... Der geborene Verlierer... Ich glaube, solche wie er sind das Beste, was die DDR hervorgebracht hat... Schade, daß du nicht sehen konntest, wie er unsere Tür kaputtgemacht hat.

STEINHEIM Du meinst, wie er die Tür für dich geöffnet hat?

LUCIE Er hat zwei Fliegen mit einer Klappe geschlagen.

STEINHEIM Du solltest mal eine Tür sehen, die ich ohne Schlüssel aufmache.

LUCIE Du bist ja auch kein Handwerker.

STEINHEIM Er auch nicht.

LUCIE *wie nebenbei:* Ja, das war vielleicht mein Fehler...

Ein paar Sekunden wird nichts als Nägel lackiert und Kraft trainiert. Dann:

LUCIE Was ist das überhaupt für eine Bar?

STEINHEIM Keine Ahnung... Ich war noch nie dort.

LUCIE Ost oder West?

GRIMM Ost natürlich... Grimm hat nur gesagt, uns werden die Augen überlaufen.

LUCIE Hoffentlich nicht vor Entsetzen...

32. Bild
Nachtbar

Auf einer kleinen Bühne findet ein Striptease statt. Es muß leider gesagt werden, daß die Vorführung öde ist. Die Darstellerin ist nicht mehr sehr jung, sie macht ihre Sache ziemlich lustlos und sieht verbittert aus; man fragt sich, wie sie um alles in der Welt ausgerechnet an einen solchen Job geraten ist. Die Musik kommt von einer Drei-Mann-Band – Klavier, Klarinette und Schlagzeug. Die drei Männer, alle in gleichfarbigen, schreiend bunten Seidensakkos, spielen zwar fehlerfrei, doch wie Automaten. Auch sind sie nicht mit mehr Freude bei der Sache als ihre Kollegin, die Tänzerin. Schließlich erhalten wir einen Überblick über den gesamten Raum: Von den etwa zwanzig Tischen sollten nicht mehr als drei oder vier besetzt sein. An der Bar, hinter der sich ein weißbefrackter Barmixer langweilt, sitzt kein Mensch. Über der Tanzfläche, die während der Striptease-Vorführung natürlich leer ist, dreht sich eine Kugel, wie sie vor fünfzig Jahren modern war, bestehend aus Hunderten farbiger Spiegelchen. Drei Kellner stehen herum, alle in schwarzem Frack. Während dieser ersten Totalen hört man ein lautes, klirrendes Geräusch. Dann sehen wir, daß einem vierten Kellner das Tablett heruntergefallen ist; er war mit Getränken auf dem Weg zu einem der Tische. Alle sehen hin zu ihm, auch die Tänzerin und die Musiker. An einem der Tische sitzen Grimm, Trude, Steinheim, Lucie und Blauhorn. Der Tisch ist voller Cocktails, auch ein Sektkübel steht da. Man sieht dem Striptease zu. Blauhorn scheint als einziger voll bei der Sache zu sein. Lucie stößt Steinheim unter dem Tisch mit dem Fuß an. Sie sehen sich an, Lucie verzieht gequält das Gesicht. Steinheim nickt und bedeutet ihr unauffällig, sich zu beherrschen. Dann ist der Striptease zu Ende. Der Applaus ist deprimierend dürftig, man klatscht aus schierem Pflichtbewußtsein; nur Blauhorn kann sich vor Zustimmung kaum halten.

TRUDE *zu Blauhorn, weil ihr sein enormer Beifall peinlich ist:* Also Papa!... So toll war das nu auch nich...

Nach der Vorführung spielt die Band Tanzmusik. Ein einziges Paar erscheint auf der Tanzfläche, vermutlich Angestellte, die zum Animieren engagiert sind.

STEINHEIM *zu Grimm:* Hören Sie bitte keinen Vorwurf heraus – aber, darf ich fragen, wer Ihnen diese Bar empfohlen hat?

GRIMM Der Name würde Ihnen nichts sagen. Aber viel interessanter is, warum er sie empfohlen hat...

STEINHEIM Und zwar?

GRIMM Sie sehen hier keinen einzigen Angestellten, der nich früher fürs DDR-Kulturministerium gearbeitet hätte...

Eine Pause der Verblüffung.

GRIMM Die haben die neue Lage erörtert, ihre Kröten zusammengetan und dann dieses Unternehmen gegründet.

Steinheims Blick schwenkt ein paar Gesichter ab – Musiker, Barmixer, Kellner.

TRUDE Das erklärt auch den Striptease. Die Frau mußte sich in dreißig Jahren Volkstanzgruppe bewähren.

GRIMM *zu Trude:* Zehn Mark in die Chauvi-Kasse...

BLAUHORN Ich weiß nich, warum ihr lästert – ich fand's wunderbar. Kommt so was noch mal?

GRIMM Hast du deine Herztropfen bei dir?

BLAUHORN Mach dir mal um mich keine Sorgen...

Steinheim hebt, wie um einer Spannung vorzubeugen, sein Glas.

STEINHEIM Prost!...

Alle nehmen ihre Gläser. Alle trinken. Und das traurige Paar auf der Tanzfläche.

TRUDE *zu Blauhorn:* Laß dir nich einfallen, hier mal alleine herzugehen.

BLAUHORN Soviel ich weiß, bin ich volljährig.

TRUDE Hast du auch gesehen, was das so kostet?...

BLAUHORN Nee... *Er nimmt eine Cocktail-Karte, die aufrecht auf dem Tisch steht, und liest mit weit gestrecktem Arm.*

GRIMM *zu Steinheim:* Hoffentlich kriegen Sie deswegen keinen Ärger mit Herrn Meister.

BLAUHORN *beim Entziffern der Preise:* Is ja Wahnsinn!

Man achtet nicht darauf.

STEINHEIM *zu Grimm:* Ich sowieso nicht. Höchstens Herr Meister mit dem Fernsehen. Aber das glaube ich nicht.

GRIMM Sind die so generös?

LUCIE Bei überflüssigen Ausgaben. Nur bei den notwendigen knausern sie.

BLAUHORN *noch mit der Cocktail-Karte in der Hand, erschüttert:* Wißt ihr, was das hier kostet!?... *Er hebt sein Cocktailglas an und liest aus der Karte vor:* Kamtschatka-Flip... Zweiundzwanzig Mark!... Nich Ostmark, sondern richtiges Geld!... *Zu*

Steinheim: Ich trinke keinen Tropfen mehr. Das is mir zu unmoralisch...

GRIMM *zu Trude:* Nimm ihm die Karte weg. Bevor er liest, was der Sekt kostet.

BLAUHORN Das will ich gar nich wissen!... *Er stellt die Karte zurück. Zu Steinheim:* Is denn so was erlaubt?... Ich meine, dürfen die jeden Preis verlangen, der ihnen einfällt?

STEINHEIM Ja, das dürfen sie.

BLAUHORN *zutiefst entrüstet:* Da kann ich nur sagen – Pfui Deibel!

LUCIE Aber es ist nicht sehr klug. Sehen Sie sich mal um...

Wieder ein Rundumblick in der traurigen Bar – die Tanzenden, oder zwei Kellner, die sich an einen der vielen leeren Tische gesetzt haben und sich unterhalten, oder die Band, oder der Kellner, der mit einem Wischlappen die Reste seines Tablettsturzes beseitigt, auf Knien.

STEINHEIM *zu Grimm:* Kennen Sie irgendeinen der Beschäftigten?

Grimm schüttelt den Kopf.

GRIMM Mit Kultur hatte ich nie was zu tun...

Nach einem Schnitt sehen wir Lucie und Steinheim auf der Tanzfläche – jetzt sind sie die einzigen Tänzer. Die Musiker lächeln ihnen glücklich zu.

LUCIE *beim Tanzen:* Ich komme mir vor wie auf einer Reise nach Polynesien.

STEINHEIM Wundert es dich nicht, daß die Eingeborenen uns so ähnlich sind?

Am Tisch Trude, Grimm und Blauhorn, der unbeteiligt dasitzt.

TRUDE *hat nachgedacht:* Ich kann die Leute verstehen. Die versuchen wenigstens e t w a s ... Wenn du aus' DDR-Ministerium kommst, will dich kein Aas haben. Hätten sie sich aufhängen sollen?

GRIMM Aber hast du schon mal s o ein Elend gesehen? ...

Ein Mann tritt an den Tisch heran, der Geschäftsführer, man erkennt es an der Chrysantheme in seinem Knopfloch.

GESCHÄFTSFÜHRER Sind die Herrschaften zufrieden?

Trude wirft Grimm einen Blick zu, als wollte sie ihn daran hindern, die Wahrheit zu sagen.

GRIMM Gerade haben wir uns drüber unterhalten, daß die Atmosphäre 'ne Spur lockerer sein könnte ... Sonst is alles perfekt.

TRUDE *die den Hohn überdecken will:* Die Getränke schmecken sehr gut.

Da kann Blauhorn nur verächtlich Luft ausstoßen.

GESCHÄFTSFÜHRER *zu Trude:* Vielen Dank.

GRIMM Sagen Sie ... *Er zögert.* Stimmt es, was ich gehört habe ...? *Er winkt den Geschäftsführer näher heran.* ... daß Sie alle hier ... *Den Rest flüstert er dem Mann ins Ohr.*

Als er fertig ist, richtet der Geschäftsführer sich wieder auf; offenbar hat ihm die Frage nicht gefallen.

GESCHÄFTSFÜHRER W e r hat Ihnen das erzählt?

GRIMM Ein Freund, ein guter Freund.

GESCHÄFTSFÜHRER Wir sollten die alten Geschichten begraben, mein Herr, und uns lieber mit dem Heute beschäftigen.

Steinheim und Lucie sind von der Tanzfläche zurückgekommen.

TRUDE *raunt Grimm zu:* Hör auf zu stänkern! ...

GESCHÄFTSFÜHRER *zu Lucie und Steinheim:* Guten Abend, die Herrschaften ... *Er rückt Lucie, die sich setzt, den Stuhl zurecht.*

GRIMM *zum Geschäftsführer:* Geht das Geschäft immer so mickrig?

GESCHÄFTSFÜHRER *eine Spur pikiert:* Es könnte tatsächlich besser laufen, da gebe ich Ihnen recht ...

STEINHEIM *der sich ebenfalls gesetzt hat:* Sind Sie der Besitzer?

GESCHÄFTSFÜHRER Der Geschäftsführer.

BLAUHORN Ich könnte Ihnen sagen, warum 's hier so überfüllt is ...

GESCHÄFTSFÜHRER Dafür wäre ich Ihnen außerordentlich verbunden.

STEINHEIM Nehmen Sie doch Platz ...

GESCHÄFTSFÜHRER Vielen Dank ... *Er setzt sich, wobei seine Frackschöße zurückfliegen.*

Blauhorn reicht ihm die Cocktail-Karte.

BLAUHORN Werfen Sie hier mal 'n Blick rein ...

GESCHÄFTSFÜHRER Ich kenne die Karte genau.

GRIMM Mein Schwiegervater möchte zum Ausdruck bringen, daß die Preise um 'ne Winzigkeit zu hoch sind.

BLAUHORN *schrill:* Um 'ne W i n z i g k e i t?

GESCHÄFTSFÜHRER *freundlich:* Das kann ich verstehen. Aber verstehen S i e bitte, daß wir auf unsere Kosten kommen müssen.

STEINHEIM Heißt das – wenn ein Fünftel der Gäste kommt, die Sie erwartet haben, daß dann die Preise fünfmal so hoch sein müssen?

GESCHÄFTSFÜHRER *verbindlich:* Wir haben erst vor

kurzer Zeit eröffnet, mein Herr. Wir kämpfen noch mit den Tücken der Preisgestaltung.

GRIMM Der Idealfall wäre, wenn jedes Jahr nur ein Kunde kommt und ein Glas Sekt für eine Million Mark trinkt. Das würde 'n Haufen Ärger sparen.

Steinheim findet das komisch, der Geschäftsführer aber kann nicht lachen.

GESCHÄFTSFÜHRER *zu Grimm:* Ich nehme an, mein Herr, das war eher scherzhaft gemeint? ...

In der letzten Einstellung tanzen Trude und Grimm, nach immer derselben langsamen Musik.

9. Folge
Der kurze Abschied

Personen

Theo Grimm
Elsa, *seine Freundin*
Trude Grimm
Benno Grimm
Karl Blauhorn
Anton Steinheim
Zwei Polizisten
Eine Frau
Ein Fahrer
Ein Rosenverkäufer
Lucie Steinheim
Ein Kellner
Eugen Meister, *Filmproduzent*
Sekretärin Meisters
Frau Franz
Elf Herren, *Fernsehdirektoren*
Ein Pförtner

1. Bild
Straße der Grimms, nachts

Die dunkle, leere Straße kommt ein Taxi entlanggefahren. Es hält vor dem Haus der Grimms. Theo öffnet die Tür; er sitzt auf dem Platz neben der Fahrerin, die Elsa heißt. Elsa ist eine gutaussehende, nicht mehr junge Frau. Sie sollte erheblich älter als Theo sein und eine Lederjacke tragen. Theo küßt sie flüchtig.

THEO *müde:* Ich wünsche dir 'ne ertragreiche Nacht...
Er steigt aus.
ELSA Ich muß noch zwei Stunden rumfahren...
THEO *der nicht weiß, worauf sie hinauswill:* Ja?
ELSA Dann bin ich zu Hause...
THEO Logisch, wo sonst?
ELSA Geraderaus gesagt – im Bett.
Endlich kapiert Theo.
THEO Jetzt wird's klarer... *Er druckst.* Wenn ich mich jetzt oben hinlege, kriegen mich keine zehn Pferde hoch... Ich wär heute zu nichts mehr imstande, was dir auch nur halbwegs imponiert...
ELSA Ehrlich gesagt warst du das noch nie.
THEO *elegisch gestimmt:* Warum müssen die Menschen sich nur immer so kränken. *Er schlägt mit der flachen Hand aufs Autodach, wie um einen Punkt zu machen, und wendet sich zum Gehen.*
ELSA Weißt du, was mir durch'n Kopf geht?... Daß früher mit den jungen Männern irgendwie mehr los war.
THEO Ich fürchte, da hast du verdammt recht...
Das Taxi fährt davon, und Theo geht ins Haus.

2. Bild
Wohnzimmer der Grimms

Im Fernsehen läuft eine amerikanische Familienserie. Ein paar Sekunden sollten wir den Ton hören – den Seriendialog und das nach jedem dritten Wort einsetzende Lachen eines imaginären Publikums. Auf dem Sofa, in scheinbar aufmerksamer Zuschauerpose, ist Grimm eingeschlafen. Auch Blauhorn schläft, in einem Sessel. Nur Trude, in einem zweiten Sessel, im Bademantel, ist noch wach und sieht der Serie zu, wenn auch mit letzter Kraft. Als die Zimmertür geöffnet wird, wendet sie kurz den Kopf, erkennt Theo und sieht dann wieder fern; so als wäre sie zu apathisch, um auch nur ein Wort zu sagen. Auf dem Tisch ein paar Bierflaschen und ein leeres Weinglas, vielleicht eine Schale mit Resten von Salzgebäck.

THEO *deutet auf die Schlafenden:* Hat das was zu bedeuten?

TRUDE Sie schlafen. *Theo nickt ernsthaft, als würde er die komplizierte Antwort mit Mühe verstehen.*

THEO Warum liegen die nich im Bett?

Trude schaltet mit der Fernbedienung den Ton weg.

TRUDE Papa hat angeordnet, daß wir alle fernsehen. Und zwar eine Familienserie ...

THEO *der das nicht ernst nimmt:* Und deswegen habt ihr ihn umgebracht?

TRUDE Rede nicht solchen Unsinn – s e h e doch fern. Übrigens gilt die Anordnung nich nur für heute abend, sondern wir sollen's so oft wie möglich tun. Auch du.

THEO Familienserien gucken? *Trude nickt.* Wir sollten ihn zum Arzt schaffen. Hoffentlich ist es nich zu spät.

TRUDE Sein Motiv is gar nich so absurd: Wir brauchen Anregungen, um unseren Schriftsteller bei der Stange zu halten. Papa hat das Gefühl, daß er langsam aber sicher anfängt, sich zu langweilen.

THEO S i c h e r stimmt. Aber l a n g s a m?

TRUDE Dann langweilt er sich eben schon ewig, du Klugscheißer.

THEO Und dagegen sollen Serien helfen?

TRUDE Hast du ’ne bessere Idee?

THEO Wenn ich nich irre, hat Papa schon vor Wochen so’n ähnlichen Befehl ausgegeben.

TRUDE Er is von Sorgen zerfressen, daß unsere ergiebigste Quelle aufhört zu sprudeln. Das könntest selbst du verstehen ...

Theo setzt sich auf den Schoß seiner Mutter, quer über beide Lehnen, so daß sie nicht sein ganzes Gewicht aushalten muß. Falls noch Kartoffelchips auf dem Tisch herumliegen, stopft er sie sich in der Folgezeit in den Mund. Trude scheint über sein Gebaren nicht verwundert, es scheint ihr nicht einmal unangenehm zu sein.

THEO Es stand doch von vornherein fest, daß das ’ne vorübergehende Sache ist. Oder hat Papa geglaubt, der kommt her und läßt sich für den Rest seines Lebens mit unserem Zeug vollquatschen?

TRUDE Natürlich n i c h. Aber deswegen kann man doch versuchen, das Ende so weit wie möglich hinauszuschieben.

THEO Ich finde, das habt ihr schon reichlich getan.

TRUDE Papa findet das nich ... *Sie sieht zum Fernseher hin, plötzlich aufmerksam, und lächelt. Zeigt auf einen der Akteure:* Mit dem is vorhin was passiert, das wollte Papa sich merken. Ein Detektiv hat den überwacht und 'ne Wanze in seinem Sofa versteckt. Der hat das aber rausgekriegt und das Sofa einem Freund geschenkt, es war sowieso 'n olles Ding ...

BLAUHORN *der gerade aufgewacht ist:* Hat er's Gilbert geschenkt?

TRUDE Nein, Sullivan. Da hast du schon geschlafen.

Blauhorn rappelt sich hoch und schlurft aus dem Zimmer.

TRUDE *erzählt weiter:* Der Detektiv wußte natürlich nichts von dem Sofawechsel und hat sich nur gewundert, was für seltsame Geräusche plötzlich aus dem Lautsprecher kamen ...

THEO Und das wollte Papa sich merken?

TRUDE Ja, er fand's hübsch. Du wirst mir zu schwer.

Theo steht von seiner Mutter auf.

THEO Ich find's ziemlich schwachsinnig ...

Sie schaltet mit der Fernbedienung den Fernseher ganz aus.

TRUDE Warum hast du deine Freundin nich mitgebracht?

THEO Ich habe zur Zeit keine.

Grimm schlägt die Augen auf.

GRIMM Warum hast du den Fernseher ausgemacht?

TRUDE Die Serie is vorbei.

Grimm, der ja im Sitzen geschlafen hatte, legt sich nun hin.

TRUDE *zu Theo:* Hast du 'n Keuschheitsgelübde abgelegt?

THEO Für 'n paar Tage oder so...

Er deckt seinen Vater zu, dann geht er aus dem Zimmer.

3. Bild
Küche der Grimms

Auf dem Küchentisch steht Steinheims Kassettenrecorder, noch ausgeschaltet. Steinheim sitzt da und schneidet Speck in Würfel.

STEINHEIM Reicht das?

Grimm sieht hin.

GRIMM Noch 'n bißchen...

Steinheim schneidet weiter. Grimm steht am Herd, schlägt Eier auf, sieben, acht Stück, läßt sie in eine Schüssel plumpsen und verrührt sie mit einer Gabel. In der Folge kommt alles in eine Bratpfanne – am Ende sollen Rühreier mit Speck daraus werden.

GRIMM *als fiele ihm soeben etwas ein:* Habe ich Ihnen eigentlich schon die Geschichte von der Wanze im Sessel erzählt?

Steinheims Finger drückt den Aufnahmeknopf des Kassenrecorders nach unten.

STEINHEIM Nein.

GRIMM *erzählt:* 'n Bekannter von mir hat neulich seine Stasi-Akte gelesen und dabei erfahren, daß er jahrelang von den Jungs überwacht wurde, unter anderem mit 'ner Wanze.

STEINHEIM Weswegen?

GRIMM Weiß ich nich genau. Ich würde sagen – wegen des real existierenden Mißtrauens. Aber das spielt für die Geschichte keine Rolle weiter ... Die Wanze war in einem Sessel versteckt, bis heute hat er keine Ahnung, wer sie ihm reingetan hat ...

Steinheim bringt ihm zur Kontrolle das Brett mit dem Speck – jetzt ist genug geschnitten; Grimm nimmt das Brett und schiebt den Speck mit der Gabel in die heiße Pfanne, daß es aufzischt.

GRIMM ... Eines Tages gefiel seiner Frau die Polstergarnitur nich mehr. Sie war auch schon ziemlich runtergekommen, die Polstergarnitur, meine ich. Sie sind losgezogen und haben sich 'ne neue angeschafft. Weils zu schade gewesen wär, die alte wegzuschmeißen, haben sie 'ne Annonce aufgegeben und Sofa und zwei Sessel für 'n paar Mark verkauft ...

STEINHEIM *vergnügt:* Und in einem der Sessel die Wanze?

Grimm nickt grinsend.

GRIMM Die Stasi hat von dem Verkauf natürlich nichts mitgekriegt ... Können Sie sich vorstellen, wie die gestaunt haben, daß mein Bekannter auf einmal zwei Hunde hatte und sächsisch sprach und zu seiner Frau plötzlich m e i n M ä u s e h e r z sagte?

STEINHEIM Ja, das kann ich ...

Es klingelt heftig.

GRIMM Passen Sie mal 'n Moment hier auf? ...

Steinheim schaltet den Recorder aus, dann tritt er an den Herd. Grimm gibt ihm die Gabel und geht hinaus.

4. Bild
Flur bei Grimms

Im gleichen Augenblick, da es noch einmal klingelt, wird vor uns die Wohnungstür geöffnet. Draußen stehen zwei Polizisten, ein älterer und ein jüngerer.

GRIMM Die Herren wünschen?

ÄLTERER POLIZIST *nachdem er auf das Türschild gesehen hat:* Heißen Sie Blauhorn?

GRIMM *gereizt:* Ich bin Herr Grimm, Herr Blauhorn hat sich erlaubt, wegzugehen.

Wir sehen und hören, wie der jüngere Polizist an der gegenüberliegenden Tür Sturm klingelt.

GRIMM Da is jetzt keiner, die haben beide Arbeit.

ÄLTERER POLIZIST In der Wohnung über Ihnen is eingebrochen worden. Es is erst vor 'n paar Minuten passiert, möglicherweise is der Einbrecher noch im Haus.

GRIMM *perplex:* Is ja 'n Ding! . . .

Der jüngere Polizist ist inzwischen zurückgekehrt.

JÜNGERER POLIZIST Er hat die Tür aufgestemmt. Ist Ihnen etwas aufgefallen?

Grimm senkt den Blick und sieht auf den Fuß des jüngeren Polizisten, der so in der Tür steht, als wollte er verhindern, daß sie zugeschlagen wird.

GRIMM Wenn Sie Ihren Fuß da wegnehmen, will ich gerne antworten . . .

Der jüngere Polizist zieht den Fuß zurück, widerwillig.

GRIMM Nein, mir ist nichts aufgefallen.

ÄLTERER POLIZIST War in'n letzten Minuten irgendjemand bei Ihnen? Oder haben Sie jemand an der Tür vorbeigehen sehen?

GRIMM *dem die Polizisten allmählich auf die Nerven gehen:* Mitnichten.

JÜNGERER POLIZIST *zeigt an Grimm vorbei in den Flur:* Das heißt, hier sind jetzt nur die Bewohner dieser Wohnung?

GRIMM Sie haben's.

Der ältere Polizist hält die Sache für beendet, er faßt den jüngeren am Ärmel.

ÄLTERER POLIZIST Entschuldigen Sie die Störung...

Da steckt Steinheim den Kopf aus der Küchentür.

STEINHEIM Ich glaube, die Pfanne...

Er stockt, denn er sieht die Polizisten, er glotzt einen Augenblick.

GRIMM Was is mit der Pfanne?

STEINHEIM Ich nehme sie jetzt vom Herd.

Er zieht sich zurück in die Küche.

JÜNGERER POLIZIST *mißtrauisch:* Moment mal – Sie haben eben gesagt, außer den Bewohnern wär niemand hier. Wer war das eben?

GRIMM Das war ein Herr.

Der jüngere Polizist will in die Wohnung, doch Grimm stellt sich ihm in den Weg.

GRIMM *zum älteren Polizisten:* Sagen Sie bitte Ihrem jungen Kollegen, daß diese Schwelle hier irgendwie was Heiliges is.

Der jüngere Polizist bleibt stehen, sieht aber unglücklich zur Küchentür hin.

ÄLTERER POLIZIST *zeigt zur Küche:* Der Mann wohnt hier nich?

GRIMM Nein.

ÄLTERER POLIZIST Würden Sie ihn bitte mal herrufen?

Einen Moment Pause, dann tut Grimm ihm den Gefallen:

GRIMM *ruft:* Herr Steinheim...

Wieder kommt Steinheim aus der Küche.

GRIMM Direkt über uns is gerade eingebrochen worden, und jetzt möchten die Herren wissen, ob Sie was damit zu tun haben?

ÄLTERER POLIZIST Vorerst würden wir nur gern Ihren Ausweis sehen...

STEINHEIM Natürlich, Moment... *Er geht zur Flurgarderobe und steckt die Hand in eine Manteltasche.*

JÜNGERER POLIZIST *derweilen zu Grimm:* Daß Sie besonders hilfsbereit sind, kann man nicht gerade sagen...

GRIMM Das liegt an Ihrer Volkspolizistenart. Sie waren doch früher Volkspolizist? Oder nich?

STEINHEIM Tut mir schrecklich leid, ich habe meinen Ausweis nicht bei mir...

Kurze Pause, der jüngere Polizist flüstert dem älteren etwas ins Ohr. Der nickt.

ÄLTERER POLIZIST Dann müssen wir Sie leider bitten, zur Feststellung der Personalien mit aufs Revier zu kommen.

GRIMM Der Herr is 'n berühmter Schriftsteller!

ÄLTERER POLIZIST Ich verspreche Ihnen – wir fahren ganz vorsichtig.

5. Bild
Treppenflur bei Grimm

Die drei gehen die Treppe hinunter, vorneweg der ältere Polizist, dann Steinheim, dann der jüngere.

STEINHEIM Kann man sagen, daß ich jetzt verhaftet bin?

ÄLTERER POLIZIST Sagen kann man's, aber 's wär Blödsinn.

STEINHEIM Wie nennt man das dann, was Sie gerade mit mir machen?

ÄLTERER POLIZIST Man nennt das Überprüfung.
Auf dem nächsten Treppenabsatz geht eine Tür auf, eine Frau in Schürze steht darin.

FRAU *zu den Polizisten:* Haben Sie ihn schon?

ÄLTERER POLIZIST *im Vorbeigehen:* Wir tun unser Bestes.

FRAU *ruft aufgeregt ins Innere ihrer Wohnung:* Horst, sie haben ihn! ...
Die Tür fällt ins Schloß, die drei gehen nach unten.

6. Bild
Straße der Grimms

Vor dem Haus der Grimms steht ein Funkwagen ohne Fahrer, quer zur Fahrbahn und zur Hälfte auf dem Bürgersteig. Die beiden Polizisten kommen mit Steinheim aus dem Haus, natürlich halten sie ihn nicht fest. Der jüngere öffnet für ihn eine hintere Tür.

STEINHEIM Ach, warten Sie – mir fällt ein, daß der Ausweis wahrscheinlich in meinem Auto liegt. Zumindest ist dort mein Führerschein.

ÄLTERER POLIZIST Wo ist denn Ihr Auto?

STEINHEIM Dort drüben ... *Er zeigt zur anderen Straßenseite.*

ÄLTERER POLIZIST Der blaue?

STEINHEIM Ja ...

JÜNGERER POLIZIST *zum älteren:* Ich mach das ... *Zu Steinheim:* Kommen Sie ... *Er geht mit Steinheim so über die Fahrbahn, daß ein vorbeifahrender Wagen heftig bremsen muß. Der jüngere Polizist kümmert sich nicht darum. Der Fahrer des behinderten Wagens steckt ärgerlich den Kopf aus dem Fenster.*

FAHRER *ruft:* Für Sie gilt auch die Straßenverkehrsordnung!

Der jüngere Polizist sieht nicht einmal zu ihm hin.

JÜNGERER POLIZIST *leise wie im Selbstgespräch:* Halt die Klappe ...

Der Wagen fährt davon. Steinheim schließt sein Auto auf, der jüngere Polizist steht daneben. Steinheim wühlt im Handschuhfach. Er findet den Ausweis, er gibt ihn dem Polizisten. Der wirkt irgendwie unzufrieden. Er hält den Ausweis und blickt zu seinem älteren Kollegen; der steht am Funkwagen, die Hand auf der offenen Tür, und sieht zu den beiden her.

ÄLTERER POLIZIST *ruft:* Is der Ausweis da?

Der jüngere Polizist hebt den Ausweis kurz hoch und fängt dann an, sich darin zu vertiefen. Steinheim sieht an der Hausfassade hoch – oben steht Grimm und winkt. Steinheim winkt kurz zurück.

STEINHEIM *zum jüngeren Polizisten:* Ich denke, Sie sind hier, um einen Einbrecher zu fassen …?

JÜNGERER POLIZIST *beim Lesen:* Und?

STEINHEIM Beschäftigen Sie sich da nicht etwas zu ausführlich mit mir?

JÜNGERER POLIZIST Das lassen Sie mal unsere Sorge sein …

Er blättert oder liest weiter. Steinheim sieht, wie zwei junge Leute, ein Mann und eine Frau, von innen vorsichtig die Haustür öffnen und ängstlich zu dem Funkwagen blicken. Es hilft nichts, sie müssen daran vorbei. Sie sehen etwas abgerissen aus; jeder von ihnen trägt eine Einkaufstasche, wahrscheinlich sind sie die Diebe. Der ältere Polizist sieht sie nicht, denn er beobachtet seinen Kollegen, und der sieht sie auch nicht, weil er mit dem Ausweis beschäftigt ist. Nur Steinheim sieht sie, wie sie schnell, doch ohne zu rennen, auf die Straße treten und sich entfernen.

STEINHEIM *seine Gedanken:* Bin ich Hilfspolizist, oder was?! …

Endlich ist der jüngere Polizist mit der Prüfung fertig und gibt Steinheim den Ausweis zurück.

JÜNGERER POLIZIST Der ist bald abgelaufen. Sie müssen ihn verlängern lassen.

Steinheim nimmt den Ausweis, er hatte eigentlich eine Entschuldigung erwartet.

JÜNGERER POLIZIST Angenehme Weiterfahrt …

Er geht zurück über die Straße, ohne nach links und rechts zu sehen. Steinheim sieht wieder an dem Haus hoch, zu Grimm, der noch am Fenster steht.

GRIMM *schreit:* Alles okay?

Steinheim nickt.

STEINHEIM *seine Gedanken:* Und du sei so gut und iß deine Rühreier ohne mich.
Er setzt sich in seinen Wagen und fährt los, während die Polizisten zurück ins Haus gehen.

7. Bild
Italienisches Restaurant

In einem teuren Restaurant sitzen Trude und Grimm, eine brennende Kerze zwischen sich. Beide sind angezogen wie zum Opernball, Kleid und dunkler Anzug. Sie sind schon beim Nachtisch, einer italienischen Prächtigkeit, sie genießen und sehen sich froh an. Offenbar ist es spät, die meisten Tische sind schon leer.

TRUDE Auch wenn's wahnsinnig schmeckt und so – findest du's nich übertrieben, wieviel Geld wir hier runterschlucken?
Grimm sieht ihr lächelnd in die Augen, wie ein Jungverliebter, und schüttelt den Kopf. Als wollte er sagen: Für dich ist mir nichts zu teuer.
GRIMM Unser Hochzeitstag is mir das tausendmal wert.
TRUDE Hoffentlich sagst du das auch noch, wenn die Rechnung kommt...
Der Kellner, ein italienisch aussehender Mensch mit Lippenbärtchen, tritt an den Tisch und gießt ihnen Wein nach. Trude antwortet ihm mit ihrem bezauberndsten Lächeln. Der Kellner ist zu vornehm, um ebenfalls zu lächeln, nach getaner Arbeit zieht er sich wieder zurück.

GRIMM Außerdem mußt du langsam mal kapieren, daß zum westlichen Leben ’n Schuß Leichtsinn gehört. Vorsichtig und verantwortungsbewußt waren wir lange genug.

TRUDE Das klingt wundervoll überzeugend...

Sie prostet ihm zu, sie trinken. Ein junger Mann hat das Restaurant betreten, ein Pakistani in Lederjacke, mit einem Bündel langstieliger Rosen in der Hand. Er sieht sich um, aber es gibt nicht viel Auswahl, er geht auf den Tisch der Grimms zu. Der Kellner, der neben der Vorspeisenvitrine steht, macht eine ernste Miene, als überlege er, den Rosenverkäufer rauszuwerfen. Der steht nun am Tisch und bietet mit seinem schönsten Lächeln die Blumen an. Trude schüttelt dankend den Kopf. Doch Grimm hebt eine Hand – der Mann soll warten.

GRIMM *zu Trude:* Heute is alles anders...

Er zeigt nacheinander mit dem Finger auf drei Rosen; der Pakistani löst sie aus dem Bukett heraus und legt sie vor Trude auf den Tisch.

PAKISTANI *leise:* Zwölf Mark.

Grimm hat es nicht anders erwartet, er kramt in seiner Tasche. Er sucht und sucht, sein Gesicht verfinstert sich, bis es schließlich Gewißheit ist:

GRIMM *zu Trude, flüsternd:* Ich hab’ kein Geld.

TRUDE *die nicht verstanden hat:* Was?

Grimm hätte Lust, laut zu werden, aber gerade geht das nicht. Er blickt zu dem Kellner, der aufmerksam zu ihnen hersieht.

GRIMM *wiederholt:* Ich hab’ kein Geld... Weder für die Blumen noch für sonst was... *Er nimmt die Rosen und drückt sie dem Verkäufer zurück in die Hand.*

PAKISTANI *der das Geschäft nicht so schnell aufgeben will:* Für zehn Mark, okay?

GRIMM *schüttelt den Kopf:* Tut mir leid, kann man nichts machen...

Der Pakistani nimmt also die Blumen zurück, unglücklich. Er geht zu einem der wenigen anderen besetzten Tische, wird wohl aber auch dort kein Glück haben. Trude und Grimm sehen sich an.

TRUDE Und womit willst du die Rechnung bezahlen?

GRIMM Damit sprichst du ein zentrales Problem an... Du hast zufällig nichts bei dir?

Trude schüttelt den Kopf. Wieder blickt Grimm zum Kellner – der ihn nach wie vor nicht aus den Augen läßt.

TRUDE *beugt sich vor und flüstert:* Und wenn wir uns verdrücken?

Grimm reißt sich vom Anblick des Kellners los.

GRIMM Versuch's. Wenn du draußen bist, komm ich nach.

TRUDE Wenn unser Scheißtelefon nich wieder mal kaputt wär, könnten wir meinen Vater anrufen.

GRIMM Aber es is kaputt.

TRUDE Irgendwas müssen wir doch tun!

GRIMM *beherrscht:* Schrei nich so.

TRUDE *leise:* Wir brauchen dringend 'ne Idee...

GRIMM Das is richtig.

Eine Pause. Der Rosenverkäufer verläßt das Restaurant.

TRUDE Wenn wir in die Pizzeria an unserer Ecke gegangen wären wie normale Leute, könntest du einfach nach oben gehen und Geld holen.

GRIMM *erstaunlich gefaßt:* Auch das is richtig.

TRUDE *aufgebracht:* Komm, sei nich so kaltblütig wie Rambo! Sag mir lieber, was du machen willst! ...
Grimm steht auf und geht zu dem Kellner, wir sehen es aus Trudes Perspektive: Grimm sagt etwas. Der Kellner geht mit ihm zur Ladenkasse, öffnet sie und gibt ihm ein paar Münzen daraus. Dann fragt Grimm etwas, der Kellner zeigt, wo das Telefon ist. Grimm steckt die Münzen in ein Wandtelefon und wählt eine Nummer.

8. Bild
Wohnzimmer Steinheims

Dunkelheit, Telefonklingeln. Lucie kommt herein, macht das Licht an, geht zum Telefon. Sie trägt einen Bademantel, ihr Gesicht ist über und über mit einer weißen Creme verschmiert.

LUCIE *in den Hörer:* Steinheim. *Sie horcht und massiert dabei mit der freien Hand die Creme ein.* Tut mir leid, Herr Grimm – der ist noch unterwegs. *Wieder hört sie zu.* O Gott, das ist ja entsetzlich ... *Sie hört zu und verdreht dabei gequält die Augen. Heuchelt:* Aber ich bitte Sie – das macht absolut nichts – das tu ich für Sie liebend gerne. Halten Sie durch. Sie müssen mir nur die Adresse geben ... Moment ...
Mit ihrer cremeverschmierten Hand nimmt sie achtlos einen Stift vom Tisch, bemerkt es dann erst, zögert aber nur kurz und zieht dann mit derselben Hand den Schreibblock zu sich heran.
LUCIE Es kann losgehen ...

9. Bild
Italienisches Restaurant

Trude und Grimm sitzen sich wieder am Tisch gegenüber und schweigen sich an. Die letzten Gäste verlassen schnatternd das Restaurant, der Kellner schließt hinter ihnen die Tür. Die Grimms sind nun die allerletzten Gäste.

TRUDE *sieht auf ihre Uhr:* Was hat sie gesagt, wann sie kommt?

GRIMM So schnell wie möglich.

TRUDE Wenn sie dir das Geld in die Hand drückt, werde ich vor Scham sterben.

GRIMM Wär 'n sinnloser Tod. Erstens is es kein Almosen – sie kriegt's morgen zurück. Und zweitens kann die ruhig kommen – ich hab' ihr auch neulich nachts die Tür aufgemacht. Übrigens – ohne 'n Pfennig dafür zu nehmen.

Trude trinkt den letzten Schluck aus ihrem Weinglas.

GRIMM Und nebenbei hat's mich noch den Führerschein gekostet ...

TRUDE *leise:* Ich glaube, der Kellner hat was gemerkt ... Der sieht immer so komisch her.

GRIMM Schämst du dich jetzt auch vor dem? ... Wieso schämst'n du dich andauernd?

TRUDE Weil es so was wie 'n Schamgefühl gibt. Die einen haben mehr davon und die anderen weniger ...

GRIMM Der einzige Vorschlag, den du bis jetzt gemacht hast, war, abzuhauen. Kommt mir besonders feinfühlig vor.

Trude verzieht das Gesicht – sie sagt nicht, daß das natürlich nicht ernst gemeint war. Der Kellner kommt an den Tisch. Er nimmt die Weinflasche aus dem Kübel und versucht, Trude etwas nachzuschenken. Doch es kommt kein Tropfen mehr heraus.

KELLNER *mit italienischem Akzent:* Möchten die Herrschaften noch eine Flasche?

Trude schüttelt, verkrampft lächelnd, den Kopf.

GRIMM *zu Trude:* Willst du wirklich nichts?

Noch einmal schüttelt Trude den Kopf. Der Kellner stellt die Flasche verkehrt herum in den Weinkübel. Dann, ohne Übergang, setzt er sich wie selbstverständlich an den Tisch, zur Verblüffung der beiden.

KELLNER *wie ein anderer Mensch:* Sie haben doch nischt dajejen?

Trude und Grimm sehen sich an.

GRIMM Fühlen Sie sich wie zu Hause...

KELLNER Ick werde Ihnen sagen – sowat komm in'n besten Familien vor...

TRUDE und GRIMM *gleichzeitig:* Was?

KELLNER *während er sich ein Zigarillo anzündet:* Det Kunden ihr Jeld verjessen. Erleb ick jeden zweeten Tach... Allerdings passiert sowat öfter bei Westlern wie bei Ostlern – deswejen wundere ick mir 'n bißken.

GRIMM Woran wollen Sie denn erkennen, daß wir Ostler sind?

Der Kellner lächelt milde.

KELLNER Nu machen Se halblang – da muß ick ja nich mal meine Menschenkenntnis in Anspruch nehmen... *Er blickt an den beiden vorbei.* Ick glaube, da kommt Ihr Jeld...

Beide sehen zur Tür. Dort ist Lucie eingetreten, im Regenmantel und mit nassem, aufgespanntem Schirm. Grimm kommt eilig zu ihr, sie geben sich die Hand.

GRIMM Ich wußte mir echt nich anders zu helfen ...

LUCIE *lächelt:* Zählen Sie das zu den kleineren Unbilden des Lebens, in Ordnung? Oder haben Sie gezetert, als ich ohne Schlüssel vor meiner Tür stand?

Grimm nimmt ihr den Schirm aus der Hand und begleitet sie zum Tisch. Auf halbem Wege begegnen sie dem Kellner.

KELLNER *wieder mit wunderbar italienischem Akzent:* Darf ich der Signora den Mantel abnehmen.

Lucie überläßt ihm ihren Regenmantel, darunter trägt sie einen Rock und eine elegante Seidenbluse. Dann sitzen Lucie und Grimm bei Trude am Tisch.

TRUDE Es gibt eine Art von Vergeßlichkeit ... *Sie sieht kurz und strafend zu Grimm.* ... die muß einfach nicht sein.

GRIMM *gereizt:* Eins wollen wir doch mal klarstellen: wenn du mich nich gezwungen hättest, diesen Konfirmationsanzug anzuziehen, dann würde die Brieftasche hinten in meiner Hose stecken, wo sie hingehört, und nichts wär passiert. Oder?

TRUDE Das ist bekannt: Am liebsten würdest du im Trainingsanzug essen gehen.

GRIMM Wollen wir uns jetzt über meine Anziehgewohnheiten unterhalten, oder wär's nicht angebrachter, sich bei Frau Steinheim zu bedanken?

Lucie legt beiden gleichzeitig eine Hand auf den Arm, begütigend.

LUCIE *zu beiden:* Ich verstehe, daß Ihre Nerven etwas

angespannt sind. Aber Sie brauchen kein schlechtes Gewissen zu haben – zu Hause fiel mir die Decke sowieso auf den Kopf.

Trude wirft einen letzten ärgerlichen Blick auf Grimm.

LUCIE *um sich zu unterhalten:* Wie ist das Lokal? Kommen Sie öfter hierher?

TRUDE Wo denken Sie hin!...

GRIMM Wir sind zum erstenmal da.

TRUDE Benno fand, daß es zum Hochzeitstag nich teuer genug sein kann.

GRIMM *leise für sich:* Schwatzliese!...

LUCIE *scheinbar freudig überrascht:* Sie haben Hochzeitstag?

Trude nickt und verzieht dabei das Gesicht, als wollte sie sagen: Ich kann's auch nicht ändern.

LUCIE Den wievielten?

GRIMM Den siebenundzwanzigsten.

TRUDE Den achtundzwanzigsten.

Die beiden sehen sich an. Natürlich hat Trude recht.

GRIMM So lange is das schon wieder her? Mir kommt's vor, als hätten wir uns gestern kennengelernt.

LUCIE Vergessen Sie nich – Sie sind fertig mit Streiten...

Sie hebt zum Kellner hin die Hand. Der kommt.

TRUDE Wenn man mit Benno verheiratet is, is man nie fertig mit Streiten.

Der Kellner steht am Tisch.

KELLNER *zu Lucie:* Prego, Signora?

Lucie zeigt auf den Weinkübel.

LUCIE Bringen Sie uns bitte noch so eine Flasche.

KELLNER *mit einer leichten Verbeugung:* Bene, Signora, molto bene... *Er geht mit der leeren Flasche davon.*

GRIMM Wenn's Ihnen recht is, bring ich das Geld morgen bei Ihnen vorbei.

LUCIE Sie können es auch meinem Mann geben.

GRIMM Den seh ich aber erst in zwei oder drei Tagen.

LUCIE *gut gelaunt:* Bis dahin kommen wir irgendwie über die Runden ... *Während des Sprechens hat sie ihr Ohr oder ihren Hals berührt – jetzt blickt sie auf ihre Finger. In einer Naheinstellung sehen wir weiße Creme an Daumen und Zeigefinger. Lucie wischt die Finger an einer Serviette ab, dann betastet sie vorsichtig ihren Hals in der Gegend des Ohr.*

LUCIE *zu Trude:* Entschuldigen Sie – sehen Sie hier irgend etwas? *Sie hält ihren Hals zur Begutachtung hin.*

TRUDE *sieht hin:* Creme.

LUCIE *nicht allzu erschüttert:* O Gott ... Wissen Sie, wo die Toiletten sind?

TRUDE *zeigt die Richtung:* Dort hinten ...

Lucie steht lächelnd auf und geht davon. Grimm sieht ihr hinterher, auf ihre hübschen Beine.

GRIMM Wieso hat'n die Creme am Hals?

TRUDE Wird jemand hingeschmiert haben. Am Ende sie selber.

GRIMM Vielleicht hab' ich sie beim Rasieren gestört?

TRUDE *die das nicht komisch findet:* Ja, so kann's gewesen sein.

GRIMM Is eigentlich doch 'n ganz nettes Mädchen ...

TRUDE Ich hab' nie was anderes behauptet.

GRIMM Aber ich ... *Plötzlich hat er einen Verdacht:* Sag mal, wo will'n die ihr Geld haben? ... 'ne Handtasche hat sie nich, und an ihrem Rock sind keine Taschen dran. Oder hast du welche gesehen?

TRUDE Es gibt für 'ne Frau Hunderte von Möglichkeiten, Geld bei sich zu tragen.

GRIMM Sag mir mal eine einzige.

Trude beugt sich nach vorn und flüstert ihm etwas ins Ohr. Grimm grinst.

10. Bild
Arbeitszimmer Steinheims

Über Steinheims Gesicht rinnt Schweiß. Er steht in grellem T-Shirt und in Boxer-Shorts mitten im Zimmer und arbeitet mit Hanteln. In jeder Hand hält er eine und wuchtet sie abwechselnd rauf und runter; seinem Gesichtsausdruck nach macht er das schon seit Stunden. Lucie kommt herein, mit einem Brief in der Hand.

LUCIE Ein Eilbrief für dich... *Sie hält ihm den Brief hin, aber Steinheim läßt sich bei seiner Übung nicht beirren.*

STEINHEIM Von wem?

LUCIE *sieht auf den Absender:* Vom Filmproduzenten Meister.

STEINHEIM *keuchend:* Ich darf jetzt nicht aufhören... Liest du ihn mir vor?

Lucie muß über seinen Eifer lächeln. Sie reißt den Brief auf und beginnt vorzulesen.

LUCIE Sehr geehrter Herr Steinheim...

STEINHEIM Das ist das erstemal, daß er mich mit richtigem Namen anredet. Sonst sagt er immer Steinmann.

LUCIE Das wird seine Sekretärin gewesen sein ... *Sie liest weiter vor:* Es ist mir eine unangenehme Pflicht, diesen Brief zu schreiben, aber was nicht zu verhindern ist, das muß nun mal getan werden ...

STEINHEIM *wirft ein:* Er ist unter die Philosophen gegangen.

LUCIE *liest vor:* Wir müssen leider Gottes die Arbeit an unserem Serienprojekt einstellen ...

Sie blickt auf zu Steinheim – der übt zwar pausenlos mit den Hanteln weiter, doch ist sein Gesicht aufmerksam.

STEINHEIM Lies weiter.

LUCIE *liest:* Wie Sie sich denken können, is das nicht meine Entscheidung. Die allmächtigen Herren vom Fernsehen wollen es so, und dagegen ist kein Kraut gewachsen. Als wären alle Probleme der deutschen Einheit schon gelöst! Begründet wird der Schritt mit finanziellen Schwierigkeiten. Mein Einwand, daß wir alles tun wollen, um so preiswert wie möglich zu produzieren, hatte keinen Erfolg. Mit wurde lapidar mitgeteilt, daß von sofort an nicht etwa weniger Mittel für unser Vorhaben zur Verfügung stehen, sondern überhaupt keine mehr. Ein kleiner Trost ist es vielleicht, daß Sie, verehrter Herr Steinheim, noch nicht soviel Arbeit in diese Sache investiert haben ...

Steinheim ist, ohne seine Übungen zu unterbrechen, zu Lucie gegangen. Nun wirft er eine der beiden Hanteln auf das Sofa und nimmt mit der freien Hand den Brief, während die andere weiter die Hantel auf und ab bewegt. Einen Augenblick steht er so da und liest. Dann wirft er auch die zweite Hantel aufs Sofa und geht zu seinem Schreibtisch. Die schwere Hantel kullert vom Sofa, fällt auf den Boden und läßt das Zimmer erzittern.

LUCIE Was willst du tun?

Steinheim antwortet nicht, er hat das Telefon genommen und wählt eine Nummer.

LUCIE Rufst du Meister an?

STEINHEIM *in den Hörer:* Tag. Hier ist Steinheim – ich möchte Herrn Meister sprechen ... *Hört zu.* Wann kommt er wieder? ... *Hört zu.* So, das hat er nicht gesagt. *Er legt auf.*

11. Bild
Vorzimmer bei Meister

Die Sekretärin Meisters blickt von ihrer Arbeit auf, denn Steinheim betritt das Vorzimmer. Als sie ihn erkennt, ist sie alles andere als erfreut. Er macht den Eindruck eines zu allem entschlossenen Menschen.

STEINHEIM Guten Tag.

SEKRETÄRIN *verwirrt:* Guten Tag, Herr Steinheim. Ich habe Ihnen doch am Telefon gesagt, daß Herr Meister nicht da ist ...? Inzwischen hat er angerufen und Bescheid gegeben, daß er heute überhaupt nicht mehr kommt.

STEINHEIM *kalt wie James Bond:* Stellen Sie sich vor – ich bin so mißtrauisch, daß ich Ihnen kein Wort glaube ... *Er setzt sich auf einen Stuhl, so kennt man ihn überhaupt nicht.*

SEKRETÄRIN *ratlos:* Aber ich bitte Sie, ich kann doch

auch nichts dafür ... Wenn Sie wollen, kann ich ihm gern etwas ausrichten?

STEINHEIM Ich habe ihm nichts auszurichten. Es gibt Sachen, die muß ein Mann dem anderen ins Gesicht sagen.

SEKRETÄRIN *erschrocken:* Wollen Sie sich etwa mit ihm ... *Sie wagt das Wort kaum auszusprechen:* ... schlagen? ...

STEINHEIM Daran hab' ich noch nicht gedacht, aber es ist eine gute Idee ...

In diesem Augenblick ertönt aus der Gegensprechanlage Meisters Stimme.

MEISTERS STIMME Kommen Sie doch mal bitte 'n Augenblick rein.

Steinheim und die Sekretärin sehen sich an. Sie steht auf, ihr ist das Ganze entsetzlich peinlich.

SEKRETÄRIN Tut mir furchtbar leid, aber Herr Meister hatte mir die Anweisung gegeben ...

STEINHEIM *steht auch auf:* Eine gute Sekretärin haut ihren Chef nie in die Pfanne ... Ich gehe jetzt rein. Sagen Sie ihm später, ich hätte Sie mit Gewalt gezwungen.

SEKRETÄRIN Aber ...

STEINHEIM *schneidet ihr das Wort ab:* Sie haben gekämpft wie eine Löwin, okay? ...

Er zeigt mit dem Finger wie ein strenger Lehrer: Setzen! Und sie setzt sich.

MEISTERS STIMME *aus der Gegensprechanlage:* Wo bleiben Sie denn? ...

12. Bild
Büro des Produzenten Meister

Meister schreibt an seinem Schreibtisch. Als er die Tür gehen hört, sagt er ärgerlich:

MEISTER Beim nächstenmal bitte ich mir aus, daß Sie ... *Dann blickt er auf und sieht Steinheim. Fünf endlos lange Sekunden sehen Sie sich an.*

MEISTER Das ist aber schön, daß Sie wieder mal reingucken ... *Er steht auf und geht zu dem unwillkommenen Gast.* Guten Tag, lieber Herr Steinmann ... *Er schüttelt Steinheim überschwenglich die Hand.* Kann ich Ihnen etwas anbieten?
Er deutet auf einen Sessel und setzt sich dann selbst in einen zweiten. Steinheim aber bleibt stehen.

MEISTER *als fiele es ihm gerade ein:* Gerade gestern habe ich einen Brief an Sie abgeschickt. Haben Sie den schon gelesen?

STEINHEIM *düster:* Flüchtig.
Meister wischt sich mit einem Taschentuch den Schweiß von Stirn und Hals.

MEISTER *seufzt:* Ja, verehrter Meister, Sie dürfen nicht glauben, daß mir das alles weniger gegen den Strich geht als Ihnen ... Kann ich Ihnen wirklich nichts anbieten?
Steinheim steht nur da und schweigt.

MEISTER Es gibt noch eine winzige Chance, aber wie ich Sie kenne, werden Sie davon nichts wissen wollen ... *Er wartet auf ein Lebenszeichen von Steinheim, das aber ausbleibt.*

MEISTER Ich könnte es mit der Serie bei einem privaten

Sender versuchen ... Die knausern zwar auch mit jedem Pfennig, vor allem, wenn's um seriöse Sachen geht. Andererseits erfährt man aber schnell, woran man ist. Und wenn der Herr Alleinherrscher zufällig einen guten Tag hat, kann es glatt passieren ...
Seine Rede versandet, so als halte er sie selbst für sinnlos. Plötzlich steht er auf.

MEISTER Ich bin sofort wieder da ... *Er geht hinaus, ins Vorzimmer.*

13. Bild
Vorzimmer bei Meister

Meister schließt die Tür zu seinem Büro hinter sich, leise.

MEISTER *zischt:* Wenn so was nochmal vorkommt, werden Sie entlassen! ... *Er macht kehrt und geht zurück ins Büro. Er mußte sich einfach mal Luft machen.*

14. Bild
Büro des Produzenten Meister

Meister kommt herein.

MEISTER Wo waren wir stehengeblieben? ...
Steinheim hat sich mittlerweile gesetzt. Er schweigt nach wie vor. Meister geht zu seinem Alkoholschrank.

MEISTER Richtig – wir hatten darüber gesprochen, was die Affen da oben sich Tag für Tag neu ausdenken... Die reine Willkür, sag ich Ihnen, die reine Willkür!... *Er hat den Schrank inzwischen geöffnet und ein Glas herausgenommen, nun gießt er sich einen Schnaps ein. Einen Obstbrand.* Wirklich keinen?...

Der reglose Steinheim. Meister stellt die Flasche zurück, mit dem Glas setzt er sich, Steinheim gegenüber.

MEISTER Vielleicht sollten wir uns bei Gelegenheit über ein neues Projekt unterhalten? Was halten Sie davon?

Einen Augenblick sieht er Steinheim an, dann kippt er das Gläschen hinunter.

STEINHEIM Könnte es sein, daß im wesentlichen Sie die Sache versiebt haben?

Meister stiert ihn an.

MEISTER Na, hören Sie... Das können Sie unmöglich... Also wirklich!... Was haben Sie mir denn vorzuwerfen?

STEINHEIM Daß Sie nicht imstande sind, einen klaren Gedanken zu fassen. Und daß Sie immer nur das sagen, was andere von Ihnen hören wollen. Deswegen hat es überhaupt keinen Sinn, Ihnen zuzuhören.

Es ist das Vernichtendste, was wir je von Steinheim gehört haben. Pause.

MEISTER Lieber Herr Steinmann...

STEINHEIM *ruhig:* Ich heiße Steinheim. Sie haben es in sechs Monaten nicht fertiggebracht, sich einzudrükken, daß ich Steinheim heiße.

MEISTER *milde:* Als ob das nun so wichtig wäre ... *Er setzt neu an:* Lieber Herr Goethe ... Ich kann gut verstehen, daß Sie verärgert sind. Ich bin es auch, aber deswegen würde es mir nie einfallen, meinen Frust beziehungsweise meine Wut an Ihnen auszulassen ...

Steinheim steht auf, offenbar hat er keine Lust, sich solches Geschwätz anzuhören.

MEISTER *unbeirrt:* Wir sollten uns doch Mühe geben, etwas Rücksicht aufeinander zu nehmen. Ich jedenfalls tue das. So habe ich bei den Herrn vom Fernsehen durchgesetzt, daß die an Sie gezahlten Vorschüsse nicht zurückgegeben werden müssen ... Was sagen Sie j e t z t? *Er sieht Steinheim an, als erwarte er einen Dankbarkeitsausbruch.*

STEINHEIM Haben Sie den Grimms auch schon einen Brief geschrieben?

MEISTER Wem? ... Ach so, richtig ... wird heute noch diktiert.

STEINHEIM Nebenbei gesagt, habe ich keinen Vertrag mit irgendwelchen Herren vom Fernsehen, sondern mit Ihnen. Diesen Vertrag werde ich heute noch zu meinem Anwalt bringen und prüfen lassen, ob Sie mir nicht auch den gesamten Rest zahlen müssen ... *Er nimmt am Golf-Trainingsgerät einen Schläger, damit drischt er gegen einen Ball, der am Abschlagpunkt liegt. Der Ball zappelt im Netz.* Ich halte das eigentlich für selbstverständlich. *Er legt den Golfschläger hin und geht hinaus.*

MEISTER *nachdem sich die Tür geschlossen hat:* Überhebliches Arschloch ...

15. Bild
Flur bei Grimms

Theo, mit einer Tasse heißem Kaffee in der Hand, macht die Wohnungstür zu – eben hat er Steinheim eingelassen.

THEO Wollen Sie zu mir ins Zimmer, ins Wohnzimmer oder gleich wieder gehen? Ich bin allein.

STEINHEIM Hat Ihr Vater gesagt, wann er kommt?
Theo sieht ihn aufmerksam an.

THEO Ist was passiert? Irgendwie sehen Sie geschafft aus?

STEINHEIM *eine Spur verwundert:* Nichts Weltbewegendes ...

THEO Vater hat Sie für heute nich erwartet.

STEINHEIM Das ist richtig. Ich hatte gesagt, ich käme erst morgen.

THEO Ich weiß nich, wo er ist. Es muß was Wichtiges sein, er hat eine Krawatte umgebunden ...

16. Bild
Zimmer Theos

Sie kommen in Theos Zimmer.

THEO Entschuldigen Sie die Unordnung, meine Putzfrau hat Urlaub ...
Steinheim lächelt. Theo räumt Socken vom Tisch und Kleidungsstücke von einem Stuhl, damit Steinheim sich setzen kann. Dann macht er einen CD-Spieler aus, aus dem leise Musik kommt.

THEO Möchten Sie auch einen Kaffee?

STEINHEIM Danke, ich habe schon ... *Er blickt sich im Zimmer um, als wäre er zum erstenmal hier.* Schade, daß wir nicht mehr miteinander zu tun hatten ... Sie waren oft unterwegs ...

THEO Das hört sich an wie der Beginn einer Abschiedsmelodie? ... Ist da was dran?

Steinheim nickt. Theo trinkt Kaffee.

STEINHEIM Ich habe das Gefühl, bei Ihnen wäre noch allerhand zu holen gewesen.

THEO Sie meinen – über die Geheimnisse des Ostlebens? *Steinheim nickt.* Jetzt werden Sie's nie rauskriegen.

STEINHEIM Sie waren mir gegenüber der Reservierteste von allen ... Sie haben mich als Eindringling angesehen.

THEO Ach was ...

STEINHEIM Ich w a r ja auch ein Eindringling ... Aber die anderen haben das eher in Kauf genommen.

THEO *verlegen:* Was soll ich dazu sagen ... wollen Sie nich vielleicht d o c h 'n Kaffee? *Steinheim nickt.*

17. Bild
Küche der Grimms

Sie kommen herein, Steinheim setzt sich, während Theo ihm einen Kaffee aus der Kaffeemaschine eingießt.

THEO Gerade gestern hab' ich einen alten Kumpel getroffen, von dem ich dachte: Der wär was für Sie. Zucker? Der würde Sie interessieren.

STEINHEIM Bitte nur etwas Milch.

THEO *muß lächeln:* Ist klar – was nützen Ihnen jetzt noch irgendwelche Osttypen …? *Er holt aus dem Kühlschrank Milch.*

STEINHEIM Verstehen Sie das bitte nicht falsch. Die Sache ist nur die …

THEO *unterbricht ihn:* Sie müssen sich nich rechtfertigen. Sie sind nich verpflichtet, alles Zeug zu ertragen, das wir Ihnen vorsetzen … *Er stellt Kaffee und Milchtüte vor Steinheim hin und setzt sich dann auch.*

STEINHEIM *wie um das Thema zu wechseln:* Haben Sie noch Ihren Job als Begleitschutz für Touristen? … Dabei habe ich Sie auch nie beobachtet.

THEO Ist vorbei … Ausnahmsweise wurde ich nicht gefeuert, sondern habe selbst gekündigt.

STEINHEIM Zu wenig verdient?

THEO Eigentlich nich … Aber wissen Sie, manche der Damen haben mich für einen Mann für gewisse Stunden gehalten … und zu allem Unglück waren sie auch noch alt und fett …

Steinheim gießt sich Milch in den Kaffee.

STEINHEIM Und was machen Sie jetzt?

THEO Einen Taxischein.

STEINHEIM Sie werden Taxifahrer?

THEO *nach ein paar Sekunden:* Ich hab' mir vorgestellt, daß man in einem normalen Land normal arbeiten geht wie ein normaler Mensch … Aber plötzlich sind wir 'n Volk von Imbißfritzen und Gelegenheitsarbeitern und Taxifahrern …

18. Bild
Büro

Das Büro liegt in einer früheren Altbauwohnung, es ist stark renovierungsbedürftig. Auch die Einrichtung entspricht nicht dem neuesten Stand der Bürotechnik, nur der Computer scheint auf dem letzten Stand zu sein. Frau Franz ist etwa Mitte vierzig. Sie ist sorgfältig geschminkt und gekleidet, man hat den Eindruck – seltsam perfekt für eine solche Umgebung. Sie führt Einstellungsgespräche. Zu Beginn sitzt sie an ihrem Schreibtisch und beendet gerade die Lektüre eines ausgefüllten Fragebogens.

FRAU FRANZ *vor sich hin:* Schrott, nichts als Schrott … *Sie geht zu einer Tür, öffnet sie und sagt nach draußen:* Herr Grimm bitte …

19. Bild
Wartezimmer

Das Wartezimmer ist ein Raum derselben früheren Wohnung. Er ist vollkommen möbelfrei bis auf ein paar Stühle. Vier Leute sitzen auf diesen Stühlen, außer Grimm zwei Männer und eine Frau. Die Frau ist etwa so alt wie Grimm und noch dicker als er; sie hält die Leine eines Schäferhundes, der vor ihr auf dem Boden schläft. Einer der zwei Männer ist sehr jung, beinah noch ein Schüler, er liest eine Illustrierte. Der andere ist von undefinierbarem Alter, denn sein Gesicht ist von einem gewaltigen Bart zugewachsen. Alle drei Männer tragen

Krawatte, die Frau ein Kostüm. Grimm steht, als sein Name aufgerufen wird, auf.

20. Bild
Büro

FRAU FRANZ *zum eintretenden Grimm:* Nehmen Sie bitte Platz ...
Sie zeigt auf einen Stuhl. Als Grimm ihr kurz den Rücken zuwendet, verzieht sie abfällig den Mund. Grimm setzt sich, Frau Franz ebenfalls, hinter den Schreibtisch. Grimm lächelt ihr zu, doch sie geht nicht darauf ein. Sie sieht kurz auf den Fragebogen.

FRAU FRANZ Ich lese hier, daß Sie bis zur Wende als Dispatcher gearbeitet haben?

GRIMM Ja.

FRAU FRANZ Das war so etwas Ähnliches wie ein Manager?

GRIMM Genau.

FRAU FRANZ In der DDR?

GRIMM Richtig.

FRAU FRANZ Und was tun Sie seitdem?

GRIMM Ich regeneriere mich.

FRAU FRANZ *verwundert:* Bitte?

GRIMM Da mit der DDR auch der Beruf des Dispatchers verschwand, dachte ich, das wäre 'ne gute Gelegenheit, mich erst mal zu erholen. Allerdings dauert die Erholungsphase jetzt schon ein bißchen lange.

FRAU FRANZ Sind Sie arbeitslos gemeldet?

GRIMM Natürlich.

Frau Franz lächelt kurz, doch nicht aus Sympathie.

FRAU FRANZ Fürchten Sie nicht, daß Sie ein wenig alt sind, um jetzt noch etwas völlig Neues anzufangen? ... *Sie sieht in den Fragebogen.* Wenn ich richtig rechne, sind Sie jetzt sechsundfünfzig?

GRIMM *ernst:* Nein, das fürchte ich nicht ... *Man hat den Eindruck, als koste es ihn inzwischen Mühe, jede Frage höflich zu beantworten.* Ich fürchte höchstens, daß es nicht das Richtige sein könnte, was ich neu anfange.

FRAU FRANZ Aber in unserem Fall haben Sie keine solchen Bedenken?

Grimm sieht sie fünf Sekunden an, ohne ein Wort zu sagen. Wir spüren – wenn er jetzt etwas sagen würde, wäre es eine Grobheit.

FRAU FRANZ Hatten Sie schon irgendwelche Berührungen mit der Vertreterbranche?

GRIMM Nur in der Leideform.

FRAU FRANZ Wie darf ich das verstehen?

GRIMM Die standen draußen vor der Tür, und ich drinnen in der Wohnung.

FRAU FRANZ Und das haben Sie, wie Sie es ausdrücken, immer nur l e i d e n d empfunden?

GRIMM So gut wie immer, ja.

FRAU FRANZ Sie mögen keine Vertreter?

GRIMM Sagen wir mal so – ich finde es nich sehr schlau, wie die meisten ihre Sache aufziehen.

FRAU FRANZ Sie würden es klüger anfangen?

GRIMM *überzeugt:* Das will ich meinen! Wobei man nich übersehen darf, daß sie alle ziemlich arme Hunde sind. Da is kaum einer drunter, der nich lieber was andres machen würde. Aber es geht ihnen so wie mir: Man kann sich's nich aussuchen.

Jetzt schweigt Frau Franz einige Sekunden; ein paarmal trommelt sie mit ihren langen Fingernägeln auf den Tisch. Dann aber scheint sie ihren Ärger wegzustecken.

FRAU FRANZ Könnten Sie kurz darlegen, worin Sie die Qualitäten eines Vertreters sehen?

Grimm lächelt, wie in Gedanken.

FRAU FRANZ *erstaunt:* Was ist?

GRIMM Vor allem braucht 'n Vertreter Menschenkenntnis.

FRAU FRANZ *spöttisch:* Die haben Sie, nehme ich an, reichlich?

GRIMM Ich will offen zu Ihnen sein: ... Ich bin hergekommen, weil ich 'n bißchen üben möchte, wie man Einstellungsgespräche führt. Ich werde das bald brauchen ... Wenn ich den Eindruck hätte, das hier könnte was sein, würde ich das jetzt nich sagen. Aber schon als Sie mich draußen aufgerufen haben, war mir klar, daß Sie mich für'n Arsch halten. Das is in Ordnung, das ist Ihre Sache. Aber für meine Zwecke sind Sie unbrauchbar – bei Ihnen kann ich nichts lernen ... *Er steht auf und geht hinaus, von der sprachlosen Frau Franz mit Blicken verfolgt. An der Tür dreht er sich noch einmal zu ihr um.* Soll ich den nächsten Arsch reinschicken?

21. Bild
Straße

Grimm geht eine belebte Straße entlang, in Westberlin. Um seinen Hals ist noch die Krawatte aus der vorigen Szene gebunden. Er macht sie im Gehen ab, rollt sie zusammen und steckt sie in die Tasche. Er kommt an einem Antiquitätenladen vorbei und bleibt ziellos stehen, er hat Zeit. Er sieht ins Schaufenster. Auch wir sehen hinein – schließlich bleibt Grimms Blick auf einem geöffneten Steinbaukasten haften, wie wir ihn zu Dutzenden aus seiner Wohnung kennen. Die Steine sind hübsch eingeräumt, ein Preisschild gibt es nicht. Grimm geht in das Geschäft.

22. Bild
Antiquitätenladen

Das Geschäft ist so voll, daß man sich kaum bewegen kann. Mehr Trödel als Antiquitäten. Als die Ladenglocke klingelt, läßt der Besitzer, ein alter Mann, der hinter einem überladenen Tisch sitzt, sein Buch sinken. Er nimmt die Brille ab, die an einer Kette um seinen Hals hängt.

ANTIQUITÄTENHÄNDLER Guten Tag.

GRIMM Guten Tag.

ANTIQUITÄTENHÄNDLER Kann ich Ihnen helfen?

GRIMM Sie haben da im Fenster einen Steinbaukasten …

ANTIQUITÄTENHÄNDLER Ist was Besonderes, weil er völlig komplett ist. Meistens fehlt ja etwas.

GRIMM Darf ich den mal sehen?

ANTIQUITÄTENHÄNDLER Natürlich... *Er steht auf und beginnt das Schaufenster, das von hinten zugestellt ist, freizuräumen.* Dauert aber einen Moment...

GRIMM Wieviel kostet der Kasten?

ANTIQUITÄTENHÄNDLER *während er den Vorhang, der hinter dem Schaufenster angebracht ist, zur Seite schiebt:* Da fehlt, wie gesagt, nicht ein Steinchen...

GRIMM Hab' ich schon kapiert.

ANTIQUITÄTENHÄNDLER Dreihundertdreißig Mark... *Grimm ist nicht anzumerken, ob er den verlangten Preis für zu hoch oder zu niedrig hält. Der Händler zwängt sich in das Schaufenster und holt den Kasten heraus. Er pustet ein wenig Staub weg, dann reicht er ihn Grimm. Grimm besieht den Kasten mit fachmännischem Blick.*

GRIMM Wenn ich Ihnen so einen Kasten bringe – wieviel geben Sie mir dafür?

ANTIQUITÄTENHÄNDLER Auf alle Fälle weniger.

GRIMM Is schon klar. Aber irgendwas werden Sie doch auch zahlen? ... Wieviel?

ANTIQUITÄTENHÄNDLER Kommt drauf an.

GRIMM Worauf?

ANTIQUITÄTENHÄNDLER Wie groß der Kasten ist, wie komplett er ist, wie gut erhalten, ob eine Vorlage dabei ist – ins Blaue läßt sich so was nicht sagen. Haben Sie so einen Kasten?

GRIMM Etwa dreihundert... *Er gibt dem verwunderten Händler den Kasten zurück.* Sind nich alle so gut erhalten. Sind aber auch schönere Stücke drunter.

ANTIQUITÄTENHÄNDLER *kann es kaum glauben:* Dreihundert?

GRIMM Vielleicht sind's auch dreihundertfünfzig.

ANTIQUITÄTENHÄNDLER Würde ich mir gerne einmal ansehen ... *Er stellt den Kasten zurück ins Schaufenster.*

23. Bild
Flur bei Grimms

Der leere Flur. Theo kommt aus dem Wohnzimmer. Mitten im Flur stehend, ruft er in unbestimmte Richtung:

THEO Mama! Papa! Herr Blauhorn! ... Kommt mal ins Wohnzimmer, Herr Steinheim will euch was sagen! ...

Blauhorn öffnet seine Zimmertür, er hält einen Pinsel in der Hand, sein Gesicht ist voll Rasierschaum.

BLAUHORN Was is los?

Im selben Augenblick geht die Wohnungstür von außen auf – Trude kommt von der Arbeit.

TRUDE Hast du was gesagt?

Die Badezimmertür geht auf – Grimm, der sich gerade die Hose zuknöpft.

GRIMM Seit wann isser denn hier?

Theo antwortet nacheinander allen.

THEO *zu Blauhorn gewendet:* Was los is, das will er ja gerade erklären ... *Zu seiner Mutter:* Ich hab' gesagt, ihr sollt alle mal ins Wohnzimmer reinkommen, Herr Steinheim möchte was sagen ... *Zu sei-*

nem Vater: Er is seit 'ner halben Stunde da, du warst schon auf'm Klo...

24. Bild
Wohnzimmer der Grimms

Auf dem Sofa sitzt Grimm, links davon Blauhorn in einem Sessel, rechts Theo. Steinheim geht vor den dreien langsam auf und ab, wie ein Schauspieler vor Beginn der Vorstellung. Trude kommt herein – sie rennt zum Sofa und setzt sich schnell neben Grimm, eine zu spät gekommene Theaterbesucherin. Es kann endlich losgehen.

STEINHEIM *bleibt stehen, an alle:* Ich muß Ihnen etwas mitteilen, das mir gar nicht angenehm ist. Es handelt sich nicht einfach um das Ende unserer Zusammenarbeit. Denn das war uns ja von vornherein klar, daß die Vorbereitungen eines Tages abgeschlossen sein würden und daß dann geschrieben werden müßte... Was ich Ihnen so Ärgerliches zu sagen habe, ist – es w i r d nicht geschrieben werden...
Er sieht sie an, als erwarte er, daß alle im nächsten Augenblick in Tränen ausbrechen. Doch die Familie nimmt seine Mitteilung ausgesprochen gelassen auf, zumindest scheint es so.

TRUDE Haben Sie keine Lust mehr?

GRIMM Soll jetzt 'n anderer das Ding schreiben? Einer, der n o c h weniger Ahnung hat?

BLAUHORN So was kann man doch nich einfach abblasen? Ich hab's schon allen erzählt.

THEO Wahrscheinlich haben wir nich genug Material geliefert, stimmt's? Ich laß mich hängen, wenn's nich an uns liegt...

Steinheim läßt eine kurze Pause vergehen, bevor er weiterspricht.

STEINHEIM Ich will Sie nicht mit Einzelheiten langweilen, vor allem, weil ich sie selbst nicht kenne. Nur soviel, daß die Fernsehleute entschieden haben, die Arbeit an unserer Sache einzustellen.

TRUDE Ohne Begründung?

STEINHEIM Mit der Begründung, man müsse sparen, es sei kein Geld da...

Jetzt scheint die Familie doch betroffen zu sein. Man schweigt. Steinheim geht zum Schrank und öffnet ihn, er weiß, wo der Schnaps steht; er nimmt sich einen, als wäre er hier zu Hause. Niemand beachtet es.

BLAUHORN Das is ja wie in der DDR – erst anfangen, dann überlegen, dann nischt zu Ende bringen.

Steinheim stellt die Flasche zurück in den Schrank und trinkt seinen Schnaps.

TRUDE Is so was bei denen endgültig?

STEINHEIM In diesem Falle, glaube ich – ja.

GRIMM Wenn die sagen, es is kein Geld da – heißt das, daß wir den Rest von unserem Honorar nich mehr kriegen?

Auch Blauhorn und Theo scheinen an dieser Frage interessiert.

STEINHEIM Ganz bestimmt heißt es das nicht.

TRUDE Es tut mir vor allem leid für Sie...

STEINHEIM Um mich machen Sie sich mal keine Sorgen.

BLAUHORN: Ich koch uns 'n Abschiedsessen... *Und als*

alle ihn verwundert ansehen: Einmal muß er ja was davon haben, daß ich mal Koch war...

TRUDE *zu Steinheim:* Ich meine – Sie muß das doch härter treffen als uns?... Wir haben uns nich groß anstrengen müssen, wir waren einfach bloß da...

GRIMM *unterbricht sie:* Entschuldige, aber ich mußte mich anstrengen.

Trude verzieht, unwillig über die Störung, den Mund, dann spricht sie weiter zu Steinheim.

TRUDE Jedenfalls waren Sie es, der die ganze Arbeit hatte. Und das is jetzt alles umsonst gewesen...

STEINHEIM *mit einer Spur Pathos:* Es war nicht umsonst, Frau Grimm... Ich hatte eine sehr schöne und interessante Zeit mit Ihnen. Dafür möchte ich mich bedanken... Und der Nutzen, der mir bleibt, hängt nicht davon ab, ob irgendein Fernsehen seine Pläne ändert oder nicht...

Trude steht auf und geht hinaus, offenbar hat sie mit Rührung zu kämpfen. Als sie draußen ist, steht auch Blauhorn auf.

BLAUHORN *mit leicht zittriger Stimme:* Den Termin für 'n Abschiedsessen können wir ja dann noch verabreden...

Er geht zur Tür. Bevor er draußen ist, steht auch Theo auf.

THEO Bis später...

Er folgt seinem Großvater nach draußen. Steinheim, der bis eben gestanden hat, setzt sich Grimm gegenüber, schwer, wie einer, der mit seiner Zeit nichts anzufangen weiß, Sie sehen sich an.

GRIMM *als setzte er ein Gespräch fort:* Und Sie haben sich so 'ne Behandlung gefallen lassen?

STEINHEIM *stellt sich dumm:* Was für eine Behandlung?

GRIMM Na welche wohl! ... Daß man Ihnen den Stuhl vor die Tür setzt ... Daß man Ihnen sagt – du kannst den Stift weglegen, wir brauchen dein Geschreibsel nich mehr.

STEINHEIM *kühl:* Wie hätte ich mich denn Ihrer Meinung nach dagegen auflehnen sollen? *Offenbar ist er der Ansicht, daß Grimm sich in etwas einmischt, das ihn nichts angeht.*

GRIMM Bin ich Schriftsteller oder Sie? Ich weiß nur eins: Daß es nich gerade 'ne Heldentat is, nach so 'ner Mitteilung mit eingeklemmtem Schwanz abzuziehen.

STEINHEIM *noch kühler:* Verzeihen Sie, lieber Herr Grimm, aber wie Sie schon richtig sagten – Sie sind kein Schriftsteller. Sie urteilen über eine Sache, von der Sie tatsächlich nicht viel verstehen ... Woher stammt zum Beispiel Ihre Information über den Zustand meines Schwanzes nach der bewußten Mitteilung?

GRIMM Also haben Sie protestiert? ... Also is der Ausgang noch offen?

STEINHEIM Wie stellen Sie sich das vor? Womit hätte ich das Fernsehen beeindrucken sollen? ... Mit der Drohung, einen eigenen Sender aufzumachen?

GRIMM Ich finde, man muß nichts von Schriftstellerei verstehen muß, um sich darüber 'n Urteil zu erlauben ...

STEINHEIM *wirft spöttisch ein:* Nein?

GRIMM Ihr im Westen habt auch nich viel von der DDR verstanden – aber wenn dort 'n Buch oder 'n Film verboten wurde, habt ihr auch verlangt, daß die

Schriftsteller sich wehren? Wie hätten die das tun sollen? ... Mit der Drohung, eigene Verlage zu gründen? Oder eigene Sender?

STEINHEIM Das war ja wohl etwas anderes.

GRIMM Wieso?

STEINHEIM In der DDR ging es um politische Zensur. In unserem Fall geht es, wie Sie gehört haben, um Geld.

GRIMM *leicht höhnisch:* Ach so, wenn 'n Film aus Geldgründen abgelehnt wird, dann is das in Ordnung, und wenn er aus politischen Gründen abgelehnt wird, muß man sich wehren?

STEINHEIM Auf alle Fälle ist es nicht dasselbe.

GRIMM Außerdem: Woher wollen Sie'n wissen, daß Ihr Projekt nich auch aus politischen Gründen abgebrochen wurde? ... Weil Ihnen das kein Mensch gesagt hat?

Steinheim steht auf, er hat genug.

STEINHEIM Lieber Herr Grimm, ich habe das Gefühl, Sie wollen Ihren Ärger, den ich sehr gut verstehe, auf meinem Rücken abladen. Und das behagt mir nicht.

GRIMM Ärger? Worüber? ... Daß es mit uns nicht weitergeht? ... Wenn ich mit allem so gut fertig werden würde wie damit, dann ging's mir großartig. Das Problem is vielmehr, daß Sie die Wahrheit nich vertragen.

STEINHEIM *von oben herab:* Da haben Sie recht, damit hatte ich schon immer Schwierigkeiten. Besonders wenn die Wahrheit so überzeugend vorgetragen wurde, wie Sie es eben getan haben ... *Er geht zur Tür.* Auf Wiedersehen, Herr Grimm.

GRIMM *ohne aufzustehen:* Wiedersehen.

25. Bild
Flur bei Grimms

Steinheim kommt aus dem Wohnzimmer und geht auf die Ausgangstür zu. An der Garderobe bleibt er stehen, um irgend etwas anzuziehen. Trude steckt den Kopf aus der Küche.

TRUDE Hat's Ärger gegeben?
STEINHEIM Nennen wir es eine kleine Spannung. Ihr Mann wird es Ihnen im Detail erzählen.
TRUDE Er hatte schon den ganzen Tag schlechte Laune.
STEINHEIM Solche Tage gibt es.
TRUDE Und jetzt gehen Sie, und das war's dann?
STEINHEIM Ich habe es tatsächlich etwas eilig. Aber wir sehen uns ja spätestens zu dem Galaessen, das Herr Blauhorn angekündigt hat...

26. Bild
Keller der Grimms

Der Keller, den wir kennen.
Zuerst ist es recht dunkel, durch die Lattentür fällt gestreiftes Licht. Das Vorhängeschloß wird aufgeschlossen, draußen sind Grimm und der Antiquitätenhändler.

ANTIQUITÄTENHÄNDLER *verwundert:* Hier haben Sie Ihre ganzen Kästen?
GRIMM Was glauben Sie, warum ich sonst mit Ihnen in'n Keller geh?

ANTIQUITÄTENHÄNDLER Ziemlich leichtsinnig...

Die Tür ist auf, Grimm macht das Licht an. Der Händler sieht auf das große Metallregal, das zum Bersten gefüllt mit Steinbaukästen ist. Er kann nicht verbergen, daß er beeindruckt ist.

GRIMM Ich wollte sie alle nach oben in die Wohnung schaffen und dafür selbst hier runterziehen. Aber meine Frau war dagegen...

Der Händler läßt das Witzchen links liegen, er nähert sich den Kästen.

ANTIQUITÄTENHÄNDLER Darf ich?

Er darf – Grimm macht die entsprechende Handbewegung. Der Händler wählt einen Augenblick, dann zieht er einen der Kästen aus dem Regal. Er tritt unter die Lampe, die hellste Stelle, und öffnet den Deckel.

Obenauf liegt, gefaltet, ein farbiges Blatt, auf dem zu erkennen ist, wie die Steine in den Kasten eingeräumt werden müssen, damit sie alle hineinpassen. Der Händler nimmt das Blatt heraus, darunter liegt ein dünnes Heftchen mit Baumustern.

Der Händler sieht auf die Steine, von denen keiner fehlt, und die wirken wie neu.

ANTIQUITÄTENHÄNDLER Macht keinen schlechten Eindruck...

GRIMM Find ich auch nich...

ANTIQUITÄTENHÄNDLER Haben Sie sich schon über den Preis Gedanken gemacht?

GRIMM Reichlich.

ANTIQUITÄTENHÄNDLER Und?

GRIMM Sehen Sie sich erst mal in Ruhe um...

Der Händler legt sorgfältig die Papiere in den Ka-

sten, schließt den Deckel, stellt ihn zurück ins Regal. Er sucht sich einen zweiten Kasten aus und unterzieht ihn derselben Prozedur.

ANTIQUITÄTENHÄNDLER Wie viele und welche Kästen wollen Sie denn verkaufen?

GRIMM Alle.

ANTIQUITÄTENHÄNDLER Sie machen Witze?

GRIMM Glauben Sie, ich ruf Sie her, Sie picken sich die Rosinen aus'm Kuchen, und ich bleibe mit dem Rest sitzen?

ANTIQUITÄTENHÄNDLER Ich habe ein Geschäft für Antiquitäten und nicht für Steinbaukästen... So viele Kästen verkaufe ich in meinem ganzen Leben nicht.

GRIMM Nehmen Sie's mir nich übel, aber an dieser Art von Gesprächen bin ich nich interessiert. Sie haben Ihre Probleme, und ich habe meine.

Der Händler macht auch den zweiten Kasten zu.

ANTIQUITÄTENHÄNDLER Das ist mir zuviel, tut mir sehr leid...

Grimm macht eine bedauernde Handbewegung. Der Händler stellt den Kasten zurück ins Regal. Danach geht er zur Tür. Dort bleibt er stehen.

ANTIQUITÄTENHÄNDLER Sie haben immer noch kein Wort über den Preis gesagt.

GRIMM Darüber kann man reden... Ich stelle mir 'n Preis vor, der nich unverschämt hoch is, aber auch nicht so, daß Sie hinterher sagen würden, Sie hätten 'n Schnäppchen gemacht.

ANTIQUITÄTENHÄNDLER Ist Ihnen klar, daß ich dann in jeden einzelnen Kasten reinsehen müßte.

GRIMM Würde ich an Ihrer Stelle auch tun. Unbedingt.

27. Bild
Arbeitszimmer Steinheims

Steinheim sitzt am Schreibtisch, vor seinem Computer. Er drückt auf eine Taste.
Auf dem Bildschirm erscheint ein Text:

Bitte Namen des Programms eingeben!

Steinheim drückt auf eine weitere Taste – die Schrift verschwindet. Steinheim gibt den Namen des Programms ein, und wir sehen auf dem Bildschirm, hinter dem feststehenden Wort Programmname, *den eingegebenen Text entstehen:*

Grimm/Blauhorn

Dann sehen wir in einem Insert eine einzelne Taste der Tastatur – auf ihr steht das Wort Löschen. Steinheims Finger drückt diese Taste. Im selben Augenblick fängt das Telefon an zu klingeln. Steinheim scheint es nicht zu hören. Auf dem Bildschirm taucht, nach Steinheims letztem Drücken, eine neue Schrift auf:

Befehl ausführen? Ja? – Nein?

Steinheim zögert ein paar Sekunden, während das Telefon nicht aufhört zu klingeln. Die Tür geht auf. Lucie.

LUCIE Gehst du nicht ran?

Steinheim drückt eine Taste. Auf dem Bildschirm sehen wir nun eine Schrift, die ständig blinkt:

Befehl ausgeführt!

Steinheims ernstes Gesicht. Das Telefon hört auf zu klingeln. Die blinkende Schrift. Man hört, wie Lucie die Tür zumacht. Steinheims Gesicht.

28. Bild
Delikatessengeschäft

Trude und Blauhorn betreten ein großes Delikatessengeschäft. Es ist gut besucht, gehobenes Publikum in allen Abteilungen. Sie bleiben mitten im Laden stehen und wirken ein wenig schüchtern, verloren.

TRUDE Dir is klar, daß hier alles die Hälfte mehr kostet als im Supermarkt?
BLAUHORN Wer will hier was kaufen? ... Ich nich.
TRUDE *verblüfft:* Sondern?
BLAUHORN Ich will mich inspirieren lassen.
TRUDE Und dafür mußten wir 'ne halbe Stunde fahren?
BLAUHORN Willst du den Steinheims Bratkartoffeln mit Rührei vorsetzen? Zum Abschied? ... Dann können wir sofort gehen.
TRUDE Was willst du denn kochen?
BLAUHORN Das weiß ich eben nich! Deswegen bin ich ja hier ...
Er nähert sich einem Verkaufstisch und betrachtet die Auslage in der Vitrine. Wir sehen Krabbenschwänze auf Eis, davor ein Schild: Kg. DM 87,–. *Blauhorn runzelt die Stirn. In einer anderen Vitrine liegen einige Stränge Rinderfilet, daneben ein Preisschild:* Kg. DM 72,–. *Blauhorn kratzt sich den*

Kopf. In einer dritten Vitrine eine Wirrnis exotischer Früchte. Dazu ein Preisschild, an einer winzigen Ananas: St. DM 14,50.

TRUDE *zu Blauhorn:* Wie sieht's aus? Hast du 'n Einfall?

Blauhorn schüttelt den Kopf, gebannt von den Auslagen oder den Preisen. Während wir Bilder aus dem Geschäft sehen – Finger, die auf geräucherte Gänsekeulen zeigen, eine winzige Torte, die in einen Pappkarton gelegt wird, Tee, der aus einem riesigen Porzellanbehälter mit einer kleinen Messingschaufel in eine bunte Blechdose gefüllt wird, Geldscheine, die in einer Ladenkasse verschwinden, ein gewaltiger Schinken, der aufgeschnitten wird – hören wir Blauhorn.

BLAUHORNS STIMME Ich hab' mir vorgestellt, das Essen könnte so was wie die letzte Großtat meines Lebens werden... Irgendwie isser doch nich unsympathisch?... Ich wollte, daß uns die Westler in guter Erinnerung behalten...

TRUDES STIMME Wenn du hier einkaufst, wirst du sie nich in guter Erinnerung behalten.

BLAUHORNS STIMME Genau das isses.

29. Bild
Hinterhof des Hauses der Grimms

Auf dem Hof, in der Nähe des Kellereingangs, steht ein Lieferwagen mit geöffneter Hintertür. Auch die Tür, die zum Keller führt, steht offen. Ein junger Mann kommt aus dem Keller, mit einer Ladung von fünf oder sechs

Steinbaukästen auf den vorgestreckten Armen. Er geht mit seiner Last zum Lieferwagen, wo der Antiquitätenhändler sie entgegennimmt und im Wageninnern verstaut. Dasselbe geschieht in der Folge noch ein paarmal – jedesmal, wenn der junge Mann abgeladen hat, geht er zurück in den Keller. Auf einer Treppenstufe sitzt Grimm und sieht zu, ihm ist zum Heulen zumute. Hinter ihm steht Trude, wie eine Sekundantin, und hat die Hände auf seinen Schultern.

TRUDE Sei nich sauer... Is es nich auch 'ne Erleichterung?

GRIMM Für wen?

TRUDE Für uns alle... Denkst du, es war leicht, wenn du tagelang an einem Landgasthof gebaut hast und man dich nich ansprechen konnte?

GRIMM Und daß mir das über die letzten vier Jahre hinweggeholfen hat, zählt wohl gar nichts?...
Trude antwortet nicht und massiert seine Schultern. Vom Lieferwagen herunter sieht der Antiquitätenhändler zu Grimm.

ANTIQUITÄTENHÄNDLER *über den Hof:* Wird Ihnen langsam schwer um's Herz?

GRIMM Wie kommen Sie'n darauf?

ANTIQUITÄTENHÄNDLER Weil ich das bei Sammlern schon oft erlebt habe: Wenn die Sammlung entschwindet, kommt die Wehmut.

GRIMM Dann bin ich kein typischer Sammler: Ich war selten so erleichtert wie jetzt...
Aber sehr überzeugend klingt es nicht. Der Händler kann sich nicht weiter unterhalten – die nächste Ladung ist da.

TRUDE 'n ausgesprochen fröhlichen Eindruck machst du allerdings nich.

GRIMM Es is mehr 'ne theoretische Fröhlichkeit. Du hast mich noch gar nich gefragt, was unterm Strich bei der Sache rauskommt...

TRUDE Und zwar?

Grimm fischt aus seiner Hemdtasche einen zusammengefalteten Scheck und reicht ihn nach oben zu Trude. Die faltet den Scheck auseinander, liest und ist schwer beeindruckt.

TRUDE *ehrfürchtig:* So viel is das Zeug wert?

GRIMM Wert isses viel mehr. Der Hund hat bloß nich mehr rausgerückt... *Er steckt den Scheck wieder ein.*

ANTIQUITÄTENHÄNDLER *ruft von seinem Wagen:* Wir müssen noch einmal wiederkommen – mehr halten die Achsen nicht aus...

30. Bild
Wohnzimmer der Grimms

Zuerst sehen wir ein aus Anker-Steinen errichtetes Gebäude, einen Landgasthof, auf dem eigens dafür bestimmten Tisch. Offenbar hat Grimm einige Kästen zurückbehalten, denn drei, vier davon liegen unter dem Tisch. Der Eßtisch ist festlich gedeckt – Kerzen, weiße Tischdecke, gefüllte Rotweingläser, das gute Geschirr. Mit dem Essen ist es aber noch nicht soweit. Um den Tisch herum sitzen, vorerst nur Wein trinkend, Grimm, Trude, Lucie, Theo. Zwei Plätze sind noch frei.

TRUDE *flüstert Grimm ins Ohr:* Wenn das so weitergeht, fang ich an zu heulen... Hältst du mal meine Hand?

Grimm nimmt unter dem Tisch ihre Hand, obwohl ihm anzusehen ist, daß er das für Unfug hält.

LUCIE Mein Mann hat gesagt, daß es höchstens eine Stunde dauert. Es tut ihm sehr leid, aber es ließ sich einfach nicht aufschieben... Fand e r.

Die Tür geht auf, Blauhorn steht darin, mit um den Bauch gebundenem weißem Handtuch, das aber ziemlich fleckig ist.

BLAUHORN Könnte mal jemand kurz helfen kommen?

Er verschwindet wieder. Theo steht auf und geht hinaus, als hätte er nur darauf gewartet, gerufen zu werden. Einige Sekunden herrscht Stille.

TRUDE In der DDR hat man gesagt: Wenn in einem Zimmer 'n paar Leute sitzen, und plötzlich schweigen alle, dann wird irgendwo in der Nähe ein Polizist geboren...

Wieder das Schweigen.

GRIMM *zu Lucie:* Darf man erfahren, was dieses Unaufschiebbare ist?... *Zu Trude:* Du hast doch gestern erst mit ihm telefoniert? Da war doch noch alles klar? *Trude nickt.*

LUCIE Er ist zum Fernsehen. Er hat erfahren, daß dort heute abend eine Programmkonferenz stattfindet – fragen Sie mich nicht, was das ist...

Das aufmerksame Gesicht von Grimm, der offenbar den Zusammenhang versteht.

LUCIE *fährt fort:* Worum es geht, weiß ich nicht. Er hat nur gesagt, daß irgendwelche Herren unbedingt seine Meinung erfahren sollen.

Wieder Grimms Gesicht. Theo kommt zurück.

THEO Herr Blauhorn mußte nur den Braten zunähen und hat den Faden nich eingefädelt gekriegt. *Er setzt sich.*

31. Bild
Konferenzraum

Die elf Herren, die wir bereits kennen, sitzen um den großen runden Konferenztisch. Tagungsleiter ist diesmal der Herr Nr. 2, er steht als einziger. Neben ihm sitzt Steinheim.

HERR NR. 2 Wir haben heute einen ungewohnten Gast. Herr Steinheim hat darum gebeten, an unserer heutigen Tagung teilzunehmen, zumindest zeitweilig. Es ist Herrn Steinheim ein Bedürfnis, die Gründe für die Einstellung der Arbeit an seinem Projekt zu erfahren, gewissermaßen an der Quelle, und uns darüber hinaus seine eigenen Ansichten dazu mitzuteilen. Auch wenn ein solches Verfahren nicht üblich ist, hoffe ich sehr, daß Sie keine Einwände haben? ... *Ihren Mienen nach haben die meisten der Herren offenbar nichts dagegen, zwei oder drei könnten aber auch skeptisch blicken. Steinheim sitzt da mit unbewegtem Gesicht, als ginge ihn das Ganze nichts an.*

32. Bild
Wohnzimmer der Grimms

Dieselbe Situation wie zuvor – Grimm, Trude, Theo und Lucie sitzen um den gedeckten Tisch. Grimm sieht auf die Uhr.

TRUDE Sieh nich dauernd auf die Uhr. Erwartest du noch jemand?
Theo sieht Lucie, die neben ihm sitzt und sich aus irgendwelchen Gründen nach vorn beugt, in den Ausschnitt.

GRIMM *überhört die Spitze:* Um halb sieben waren wir verabredet zum Abschiedsessen, und er is immer noch nich da. In Ordnung kann ich das nich finden.

TRUDE Wo siehst du 'n Essen?

GRIMM Daß Herr Blauhorn so trödelt, das konnte er ja nich wissen.

THEO Ehrlich gesagt kann ich nich begreifen, warum ihr das ›Abschiedsessen‹ nennt. Findet ihr das nich peinlich?

TRUDE Peinlich? Was soll an einem Abschiedsessen peinlich sein?

GRIMM Warte ab, bis es auf'm Tisch steht.

THEO *erklärt:* Wir hatten eine ganze Weile miteinander zu tun. Jetzt ist die berufliche Seite der Angelegenheit erledigt. ›Abschiedsessen‹ heißt irgendwie: Wir haben's glücklich hinter uns, wir wollen uns um Gottes willen nich wiedersehen... Teilt man sich so was nich eher durch die Blume mit?.., Ich meine – nich so direkt?
Grimm steht auf, offenbar hat er nicht zugehört.

GRIMM Tut mir leid – ich muß mal für 'n paar Minuten weg.

TRUDE Wohin? Was is los?

GRIMM Bin gleich wieder zurück. Herr Blauhorn wird's überhaupt nich merken … *Er geht hinaus.*

TRUDE *unwillig:* Männer haben immer was zu erledigen. Und zwar immer noch was anderes.

LUCIE *zu Theo:* So abwegig ist das gar nicht, was Sie sagen …

THEO Hab' ich auch nich behauptet.

TRUDE Aber ich.

LUCIE *zu Trude:* Es zwingt uns niemand, für immer auseinanderzugehen … Falls wir das Bedürfnis haben, weiter in Beziehung zu bleiben – wer kann uns daran hindern? *Zu Theo:* Und wenn wir es vorziehen, uns nie wiederzusehen, dann sollten wir uns das auch klar und deutlich sagen …

Die beiden sehen sich tief in die Augen, während Trude einen Schluck Wein trinkt.

THEO Also, ich ziehe das überhaupt nich vor …

Lucie lächelt. Die Tür geht auf, wieder erscheint Blauhorn.

BLAUHORN *zu Theo:* Kannst du noch mal fix kommen? … *Er verschwindet wieder. Bevor Theo, dem die Bitte sichtlich auf die Nerven geht, aufstehen kann, tut es Trude.*

TRUDE Ich geh schon …

Sie geht hinaus. Theo und Lucie sehen sich an.

THEO *nach etwa fünf Sekunden, haucht mehr, als er spricht:* Wann, meinen Sie, daß er hier ist?

LUCIE *in ähnlichem Ton:* Kann jeden Augenblick soweit sein.

33. Bild
U-Bahn-Eingang
am Theodor-Heuss-Platz

Grimm kommt auf einer Treppe nach oben, aus der U-Bahn auf den großen Platz. Er bleibt stehen und sieht sich um, er kennt sich hier nicht aus.

34. Bild
Eingang zum Fernsehgebäude
mit Portiersloge

Von der Straße kommend, betritt Grimm die kleine Eingangsvorhalle. Hinter einer Glasscheibe der Pförtner, der fernsieht, eine Sendung, die wir nicht erkennen. Grimm war noch nie hier, das macht ihn etwas schüchtern.

GRIMM Guten Abend … *Er nickt dem Pförtner freundlich zu.*

PFÖRTNER Ja?

GRIMM Ich möchte zu Herrn Steinheim, falls der noch hier is.

PFÖRTNER *der den Namen noch nie gehört hat:* Zu wem?

GRIMM Steinheim. Anton Steinheim. Er is, soviel ich gehört hab', Gast bei einer Programmkonferenz.

PFÖRTNER Verstehe: Sie wollen drei Stunden nach Feierabend 'n Besucher besuchen, von dem Sie nich genau wissen, ob er da is. Richtig?

GRIMM Präzise.

PFÖRTNER Moment... *Er nimmt ein Telefonverzeichnis und blättert darin. Dabei bleibt sein Blick aber auf dem Fernseher haften – vielleicht eine Sportübertragung –, so daß er wohl nie finden wird, was er sucht. Grimm ärgert sich ein paar Sekunden. Dann geht er einfach weiter, ins Innere des Gebäudes. Da der Pförtner es nicht bemerkt, kann er, als er endlich wieder aufblickt, auch nicht wissen, ob der Besucher hinein- oder hinausgegangen ist.*

35. Bild
Gänge im Fernsehgebäude

Grimm geht langsam einen endlosen, leeren Flur entlang, beugt sich zu jedem Türschild und liest. Eine Putzfrau kommt ihm entgegen, sie zieht ein Wägelchen mit Putzzeug hinter sich her. Als sie Grimms Höhe erreicht hat, bleibt sie stehen und sieht ihn an. Grimm lächelt zu ihr.

PUTZFRAU *mit türkischem Akzent:* Ich kenne dir helfen?

GRIMM Ich suche etwas, das heißt Programmkonferenz.

PUTZFRAU Sag noch mal Name.

GRIMM Pro-gramm-kon-fe-renz.

Die Frau überlegt einen Augenblick, dann nimmt sie Grimm an der Hand und geht mit ihm los wie mit einem Kind. In einem anderen Gang steigt sie mit ihm aus einem Fahrstuhl. Sie gehen.

GRIMM So heißt keiner – Programmkonferenz ist 'ne Veranstaltung... Klar?... 'ne Sitzung?
Die Frau bleibt stehen und zeigt auf eine große Tür, die Tür zu einem Konferenzraum.

PUTZFRAU Dort is. Aber nischt kenne reingehe. Du müsse warten.
Grimm sieht zu der Tür, über der eine erleuchtete Schrift zu sehen ist: Bitte nicht stören.

36. Bild
Wohnzimmer der Grimms

Um den Tisch sitzen jetzt Trude, Theo, Lucie und Blauhorn, der immer noch ein Handtuch umgebunden hat.

BLAUHORN *zu Theo:* Könntest du mir auch mal was eingießen?...
Theo gießt Wein in Blauhorns Glas. Lucie sieht heimlich auf ihre Uhr. Blauhorn holt einen bedruckten blauen Zettel aus der Tasche und streicht ihn auf dem Tisch glatt. Dabei:

BLAUHORN Das hab ich eben im Mülleimer gefunden. Ich finde, so was schmeißt man nich weg. Das is Zeitgeschichte...
Theo und Trude sehen kurz hin, dann wissen sie Bescheid.

LUCIE Was ist das?

THEO Unsere Wartburganmeldung.

LUCIE *arglos:* Sie wollen die Wartburg besuchen? Ich wußte gar nicht, daß die so überlaufen ist...

Alle stieren sie an.

TRUDE *entgeistert, ihre Gedanken:* Das meint die nich im Ernst... Die meint das ernst...

Blauhorn steht auf.

BLAUHORN *zu Theo:* Erklär du bitte Frau Steinheim, was 'ne Wartburganmeldung is. Ich muß mich ums Essen kümmern. *Er trinkt Wein, dann geht er hinaus.*

LUCIE O Gott, ich glaube, ich weiß meinen Fehler. Wartburg – war das nicht dieses seltsame Auto?

37. Bild
Langer Gang im Fernsehgebäude

Grimm sitzt auf einer Bank, auf dem vollkommen menschenleeren Gang, gegenüber der Tür, über der immer noch die Schrift leuchtet: Bitte nicht stören. *Nichts geschieht, er beschäftigt sich mit seinen Fingernägeln. Plötzlich hört man unverständliche, doch sehr laute Worte durch die Tür, man könnte sagen – Gebrüll. Grimm blickt zur Tür, der Verursacher des Geschreis ist Steinheim. Grimms Gesicht zeigt nach wenigen Sekunden den Anflug eines Lächelns. Vielleicht versteht man kleine Brocken* – verknöchert, was glauben Sie, wen Sie...! keine Ahnung...! an die große Glocke, nie wieder, solche wie Sie. *Unbedingt nötig ist es gewiß nicht. Irgendwann während des Geschreis, gegen Ende, sagt*

GRIMM *vor sich hin:* Richtig so, Junge, gib's ihnen!...

Als wäre er stolz auf seinen Schützling.

Am Ende des Gebrülls jedenfalls geht die Tür auf,

der aufgeregte Steinheim kommt heraus, er knallt die Tür hinter sich zu. Erst dann bemerkt er Grimm.

STEINHEIM *verwundert:* Was machen Sie denn hier?

GRIMM Ich hab' mir gedacht, ich hab' Sie in dieses Zimmer reingebracht, da muß ich Sie wenigstens abholen ... *Er steht von seiner Bank auf.*

STEINHEIM Sie haben mich da reingebracht?!

GRIMM Hab ich nich? ... Dann vergessen Sie's.

STEINHEIM Doch, doch, wahrscheinlich haben Sie recht. *Auch sein Gesicht wirkt jetzt milde.*

38. Bild
Wohnzimmer der Grimms

Der blaue Zettel liegt immer noch auf dem Tisch, an dem Trude, Theo und Lucie sitzen.

LUCIE Ich verspreche Ihnen – ich werde nie wieder vergessen, was eine Wartburg-Anmeldung ist.
Blauhorn kommt zurück und setzt sich.

BLAUHORN Jetzt könnten die Herren bald kommen ...
Er trinkt Wein.
Theo nimmt den blauen Zettel in die Hand.

THEO Wißt ihr, wie alt die jetzt ist? Genau zwölf Jahre.

BLAUHORN Da is ja das Ärgerliche. In diesen Tagen wär sie fällig gewesen.

LUCIE Entschuldigen Sie, wenn ich schon wieder etwas nicht verstehe. Aber was ist daran ärgerlich?

TRUDE *erklärt ihr:* Früher war so ein Ding Gold wert. Heute isses 'n kleines Stück Papier.

LUCIE Trotzdem sehe ich keinen Grund, sich darüber zu ärgern. Kann sich heute nicht jeder jedes Auto kaufen? ... Ich meine – vorausgesetzt er hat das Geld dafür?

Bevor Blauhorn antwortet, wendet er sich an Theo und Trude.

BLAUHORN Kann mal einer von euch den Ofen auf hundertzwanzig runterschalten.

Theo steht unlustig auf und geht nach draußen.

THEO *im Hinausgehen:* Wenn du kochst, tun mir jedesmal hinterher die Füße weh.

BLAUHORN *zu Lucie:* Stellen Sie sich vor, Sie stehen im Supermarkt an, und zwar ewig, weil's nämlich proppenvoll is und weil nur eine Kasse offen hat.

LUCIE Das kann ich mir sehr gut vorstellen.

BLAUHORN Und jetzt stellen Sie sich vor – kurz bevor Sie dran sind, machen plötzlich alle anderen Kassen auch auf...

TRUDE *als würde sie miterzählen:* Alle Leute, die eben noch hinter Ihnen standen, sind sofort dran...

Ein leicht verwunderter Blick von Blauhorn zu ihr, dann übernimmt er wieder das Erzählen.

BLAUHORN Auch die von ganz hinten. Sie selbst sind zwar auch sofort an der Reihe, aber Sie wären ja sowieso gleich drangewesen... Wären Sie nich sauer, weil Sie sich völlig umsonst die Beine in'n Bauch gestanden hätten?

LUCIE *bestätigt:* Ja, ich glaube, das wär ich.

Theo kommt aus der Küche zurück.

THEO Ehrlich gesagt sieht das Essen nich so aus, als ob's jeden Moment fertig ist.

BLAUHORN *leicht beleidigt:* Vom Kochen verstehst du

neuerdings auch was?

THEO Dein Essen könnte man als Sinnbild für die deutsche Einheit nehmen: Die Idee ist prima, aber es wird und wird nich fertig.

39. Bild
Straße in der Innenstadt

In der Nähe des Fernsehhauses gehen Steinheim und Grimm eine Straße entlang. Vielleicht trägt Steinheim einen Hut, zum erstenmal in der ganzen Serie. Während des folgenden Dialogs tritt Steinheim immer wieder an den Fahrbahnrand, um einem Taxi zu winken.

GRIMM Haben Sie eigentlich mit Ihrem Geschrei da drin was erreicht?

STEINHEIM Ja: Daß mir jetzt leichter ums Herz ist.

GRIMM Das is mehr als gar nichts.

STEINHEIM Wem sagen Sie das. Ich bin Ihnen dankbar, daß Sie mich aufgehetzt haben.

GRIMM Ich hab' Sie aufgehetzt?

STEINHEIM Sagen wir – ermuntert ... *Er winkt vergeblich einem vorbeifahrenden Taxi.*

GRIMM Eines wollte ich schon lange mal von Ihnen wissen: Haben Sie geglaubt, daß Sie mit der Serie, die Sie nun nich schreiben, Einfluß auf irgendwelche deutschen Angelegenheiten hätten nehmen können?

STEINHEIM Das kann ich nicht sagen. In dem einen Augenblick habe ich's gehofft, im nächsten kam es mir aussichtslos vor.

Wieder hält ein Taxi nicht an.

GRIMM Wenn Sie meine Meinung hören wollen – die Deutschen sind gar nich so weit aus'nander, wie's immer behauptet wird. Schuld an allem is nur das Materielle, nichts anderes. Wenn das ausgeglichen is, dann können Sie die gar nich mehr aus'nanderhalten. Schließlich sind wir alle mit denselben Serien aufgewachsen …

Endlich hält doch ein Taxi. Sie steigen ein und fahren davon.

Inhalt

Folge 7
Die Westparty
5

Folge 8
Streik und andere Scherereien
67

Folge 9
Der kurze Abschied
131

Jurek Becker
Sein Werk im Suhrkamp Verlag und Insel Verlag

Aller Welt Freund. Roman. st 1151
Amanda herzlos. Roman. Leinen und st 2295
Die beliebteste Familiengeschichte. Erzählungen. it 2333
Der Boxer. Roman. BS 1045 und st 526
Bronsteins Kinder. Roman. st 1517
Irreführung der Behörden. Roman. st 271
Jakob der Lügner. Roman. BS 510 und st 774
Nach der ersten Zukunft. Erzählungen. st 941
Schlaflose Tage. Roman. Leinen und st 626
Warnung vor dem Schriftsteller. Drei Vorlesungen in Frankfurt. es 1601
Jurek Becker. Herausgegeben von Irene Heidelberger-Leonard. st 2116

78/1/3.94

265/1/11.93

suhrkamp taschenbücher
Eine Auswahl

Capote: Die Grasharfe. st 1796
Carpentier: Explosion in der Kathedrale. st 370
– Die Harfe und der Schatten. st 1024
Carroll: Schlaf in den Flammen. st 1742
Celan: Gesammelte Werke in fünf Bänden. st 1331/1332
Cioran: Syllogismen der Bitterkeit (1952). st 607
Clarín: Die Präsidentin. st 1390
Cortázar: Bestiarium. st 543
– Die Gewinner. st 1761
– Ein gewisser Lukas. st 1937
– Rayuela. st 1462
Dalos: Die Beschneidung. st 2166
Dorst: Merlin oder Das wüste Land. st 1076
Duerr: Sedna oder die Liebe zum Leben. st 1710
Duras: Hiroshima mon amour. st 112
– Der Liebhaber. st 1629
– Der Matrose von Gibraltar. st 1847
– Sommerregen. st 2284
Eich: Fünfzehn Hörspiele. st 120
Eliade: Auf der Mântuleasa-Straße. st 1826
Elias: Mozart. st 2198
– Über den Prozeß der Zivilisation. Soziogenetische und psychogenetische Untersuchungen. st 2259
Enzensberger: Ach Europa! st 1690
– Gedichte. st 1360
– Mittelmaß und Wahn. st 1800
Enzensberger: Zukunftsmusik. st 2223
Federspiel: Geographie der Lust. st 1895
– Die Liebe ist eine Himmelsmacht. st 1529
Feldenkrais: Abenteuer im Dschungel des Gehirns. st 663
– Bewußtheit durch Bewegung. st 429
– Die Entdeckung des Selbstverständlichen. st 1440
– Das starke Selbst. st 1957
Fleißer: Abenteuer aus dem Englischen Garten. st 925
– Eine Zierde für den Verein. st 294
Frisch: Gesammelte Werke in zeitlicher Folge. 7 Bde. st 1401-1407
– Andorra. st 277
– Homo faber. st 354
– Mein Name sei Gantenbein. st 286
– Montauk. st 700
– Stiller. st 105
– Der Traum des Apothekers von Locarno. st 2170
Fromm / Suzuki / Martino: Zen-Buddhismus und Psychoanalyse. st 37
Fuentes: Nichts als das Leben. st 343
Gandhi: Mein Leben. st 953
García Lorca: Dichtung vom Cante Jondo. st 1007
Goetz: Irre. st 1224
Gulyga: Immanuel Kant. st 1093
Handke: Die Angst des Tormanns beim Elfmeter. st 27

265/2/11.93

suhrkamp taschenbücher
Eine Auswahl

265/3/11.93

suhrkamp taschenbücher
Eine Auswahl

265/4/11.93

suhrkamp taschenbücher
Eine Auswahl

265/6/11.93